Ralf Kramp

Voll ins Schwarze

Originalausgabe
© 2010 KBV Verlags- und Mediengesellschaft mbH, Hillesheim
www.kbv-verlag.de
E-Mail: info@kbv-verlag.de
Telefon: 0 65 93 - 99 86 68
Fax: 0 65 93 - 99 87 01
Umschlagillustration: Ralf Kramp
Druck: Aalexx Buchproduktion GmbH, Großburgwedel
Printed in Germany
ISBN 978-3-940077-95-0

Für unsere reiselustigen Freunde Ali und Marita,

und für die unbeschreiblichen KBV-Hühner
Sabine, Simmy, Uli, Simone und Gisela.

Inhalt

Der Schnüffler

Brav, bei Fuß! Komm her, mein Kleiner,
Lass es fallen, sei ein Feiner.

Gib es her, sieh an, ein Knochen.
Wie nur hast Du den gerochen?

Wie oft muss ich es noch sagen?
Sollst nicht in den Beeten graben!

Hörst Du nicht? Komm sofort her!
Bring mir bitte nicht noch mehr!

Rittersporn und Azaleen
werden das nicht überstehen.

Auch wenn Du Frauchen sehr vermisst,
sie muss bleiben, wo sie ist.

On the road am Hellweg:
Wenn möglich, bitte wenden

Ist so eine Marotte von mir. Ich gucke auf den Boden, wo ich gehe und stehe. Ich finde oft Dinge. Münzen, Zettel, Kondome ... Manches hebe ich auf, das meiste lasse ich liegen.

An diesem Abend ist es ein Schlüsselbund. Ein richtig pralles Ding mit vielen unterschiedlichen Schlüsseln an einem metallenen Ring, an dem ein klotziges E baumelt. Es sieht nach Gold aus. Kann natürlich nicht sein, sieht aber danach aus.

Der Besitzer heißt vermutlich Emil. Oder Edgar.

Mitten auf dem vollgestellten Parkplatz am Heinz-Hilpert-Theater, zwischen den geparkten Autos. Fast wäre er mir gar nicht aufgefallen. Es ist ja schon dunkel. 11. Oktober. Nieselregen. Kalt ist mir auch. Trotzdem habe ich mich gebückt.

Vor einer Viertelstunde sind hier noch unzählige Menschen zwischen den Autos hin und her gewimmelt, wie die Ameisen. Zum Theater hin, wo sie heute ganz groß das Fünfzigjährige feiern. Mit der Neuen Philharmonie. Alle in Pelz oder Smoking.

Und mittendrin ich in meiner einzigen Jeans und dem Cordjackett mit dem hochgeschlagenen Revers. Auf dem Parkplatz findet man oft Kleingeld. Den Leuten rutscht es aus der Tasche, wenn sie den Schlüssel rauskramen. Lohnt sich meistens für mich.

E könnte auch Erich sein. Jetzt hat er keinen Schlüssel mehr. Denn den habe ich jetzt.

Und wie ich mir das Ding so angucke und die Schlüssel zähle, drückt mein Daumen ganz beiläufig auf ein Knöpfchen an einem klobigen schwarzen Plastikding und vier Autos weiter fiepst was. Die Parkleuchten glimmen rot auf.

Eberhard, denke ich, Eberhard, ja, so wird er heißen, Eberhard, war ein Fehler, das Ding hier zu verlieren. Eberhard oder Enrico sitzt jetzt bestimmt im Theater und hört klassisches Gedudel.

Ein Mercedes. Klar, was sonst? Bei dem dicken goldenen E. E – das weiß ich jetzt fast sicher – E steht für Engelbert. Oder Ernst.

Noch mal rasch umgeguckt. Dahinten läuft noch einer, der zu spät kommt. Sonst alles menschenleer.

Ein CLK. Anthrazit. Oder dunkelblau. Oder dunkelrot. Ist schon reichlich spät und finster.

Ich öffne fast geräuschlos die Fahrertür und schwinge mich schnell hinein.

Ledersitze, Nichtraucherkarre, saubere Luft, kein Stäubchen, kein Kaugummipapierchen, keine Zahnstocher, keine Brötchenkrümel.

Ich fingere rasch durch das Handschuhfach. Vielleicht finde ich statt der Brötchenkrümel ja Geld. Aber da sind nur die Betriebsanleitung, ein Atlas und ein aufgerissener, leerer Briefumschlag.

Nicht mal Parkmünzen.

Auf dem Briefumschlag erfahre ich mehr über E: Eike. Wär ich nie drauf gekommen. Dr. Eike Trimbügel. Ist das ein Frauenname? Nein, Eike heißt doch auch der Fußballer, der letztes Jahr im Dschungelcamp war. So, so, Eike.

Natürlich hat Eike ein Navigationssystem in seinem Mercedes. So was hätte ich auch gerne. Aber als Fußgänger hat man selten Verwendung dafür. Es gehört einfach ein Auto drum herum. Allein schon wegen der Optik.

Nun, im Moment habe ich ja ein Auto. Mein Finger drückt wie ferngesteuert auf den Einschaltknopf. Tolles Ding. Ich soll ein Ziel wählen. Hm. Was fällt mir denn da ein? Wo wollte ich denn immer schon mal hin? Mal zu Tante Martha nach Ottensundern. Da war ich schon ewig nicht mehr. Die würde sich freuen. Ich gucke auf die Uhr. Oder in den komischen neuen Zoo in Gelsenkirchen. Ist natürlich zu spät. Da ist schon zu und die Tiere schlafen alle. Und Tante Martha vermutlich auch.

Was ist denn das?

Gespeicherte Orte ...

Zuhause ...

Möhnesee Südufer.

Teure Gegend. Eike Trimbügels Zuhause. Meine Hand fährt über das teure Leder und ich gucke wieder auf die Uhr und auf den Schlüsselbund.

Etwas kitzelt mich im Magen. Das ist die Aufregung, das ist ja klar. Das Zuhause eines Mercedes-CLK-Fahrers. Wo mag das sein? Als ich das Ziel mit Knopfdruck bestätige, zeigt das Gerät immerhin eine Zeit an: 43 Minuten. Hin und zurück, 43 mal zwei ... halbe Stunde Aufenthalt, kleiner Rundgang durch das Haus von Dr. Eike Trimbügel. Keine zwei Stunden. Der Festakt hat gerade erst begonnen.

Das könnte ich riskieren, oder?

Der Motor macht ein sattes, schnurrendes Geräusch, als ich den Schlüssel im Schloss drehe. Der Wagen schwimmt regelrecht aus der Parklücke, er gleitet. Die Bewegungen sind elegant und geschmeidig. Wenn ich je das Geld haben sollte, um mir ein Auto zu kaufen, muss es unbedingt ein Mercedes CLK sein.

Jetzt links abbiegen auf die B 61. Das ist ja mal eine angenehme Frauenstimme. Die mag ich jetzt schon. Und natürlich tue ich, was sie sagt.

Ich gleite die Kamener Straße entlang und summe vor

mich hin. Es ist wenig Verkehr heute und ich habe vor, mal so richtig aufs Gas zu treten, wenn ich erst mal aus dem Dunstkreis von Lünen raus bin. An der nächsten großen Kreuzung muss ich an der roten Ampel halten. Vergeblich versuche ich, das Autoradio in Gang zu bringen. Junge, Junge, da sind mehr Knöpfe dran als an meinem Hemd.

Plötzlich wird die Beifahrertür aufgerissen und ich fahre zusammen.

Na Mahlzeit, Dr. Eike Trimbügel ist mir im Frack vom Hilpen-Theater bis hierher nachgelaufen und wird mir jetzt eins auf die Glocke geben!

Aber das kann nicht Eike Trimbügel sein. Er trägt eine Wollmütze, einen schwarzen Rolli und eine Pistole. Seine Koteletten reichen fast bis zum Kinn und sind schwarz und dünn wie ein Pinselstrich.

Die Ampel springt auf Grün.

»Weiterfahren, rechts ran, Kohle raus!«

Wie meint er das? Ich frage ihn. Er fragt, wie er das schon meinen solle und welchen Teil von »Rechts ran, Kohle raus« ich nicht verstanden habe.

Ich entgegne, dass ich keine Kohle mit mir führe, geschweige denn Geld, nur zwei Euro dreiundsiebzig, worauf er mir die Mündung der Waffe in die rechte Schläfe bohrt. Ich bin überzeugt und lenke den Wagen rechts in eine Stichstraße.

Er guckt auf das E am Schlüsselbund. »Nun mal los, Emil ... oder Eberhard ... Flocken raus.«

»Das ist nicht mein Auto«, erkläre ich zerknirscht. Ich deute auf mein zerschlissenes Cordjackett. »Ich habe den Schlüssel auf dem Parkplatz gefunden.«

Sein Blick wandert ungläubig an mir herab und landet im

Dunkel des Fußraums, wo man schemenhaft meine ausgetretenen Schuhe sehen kann. Meine einzigen. Es geht ungewöhnlich schnell, bis er mir Glauben schenkt.

»Und jetzt? Willst du den Wagen verticken?«

Ich erkläre weitschweifig, dass mir dazu die Kenntnisse und die entsprechenden Kontakte fehlen. Da müsse man sich ja erst mal kundig machen und in Erfahrung bringen, was so ein Fahrzeug überhaupt auf dem Markt ...

»Was dann? Spritztour? Straßenstrich abklappern?«

Ich betone noch einmal, dass die zwei Euro dreiundsiebzig in meinem Portemonnaie auch dafür kaum ausreichend sein dürften. Nein, ich sei unterwegs zum Haus des Fahrzeugbesitzers, erkläre ich und merke, wie sich Stolz über meinen genialen Einfall in meine Stimme schleicht. Ich lasse mit meinem rechten Zeigefinger den Schlüsselbund klimpern.

Er runzelt die Stirn, blickt ein paar Minuten lang schweigend in das Dunkel des Abends hinaus, ohne die Waffe von meinem Kopf zu entfernen, dann nickt er langsam.

»Okay, weiter, und da vorne links fahren.«

»Aber ich wollte zum Möhnesee ...«

»Später. Erst nach Rünthe.«

»Rünthe?« Ich bin nicht einverstanden, tue aber trotzdem, was er sagt.

Das Navigationssystem ist auch nicht einverstanden. *Wenn möglich, bitte wenden.* Es klingt ein bisschen nölig.

»Wieso Rünthe?«

»Wegen Katsche.«

»Katsche?«

»Katsche aus Rünthe. Der muss mit.«

Wenn möglich, bitte wenden. Die Frau vom Navi will partout nicht nach Rünthe.

16

Wir rollen durch Oberaden.

Wenn möglich, bitte wenden.

»Mensch, halt die Fresse!« Mein Begleiter beginnt, am Navigationssystem herumzufingern.

Nach ein paar Minuten hören wir ein zufriedenes *Die Route ist berechnet.*

Mich macht der Gedanke nervös, dass wir wertvolle Zeit verlieren. »Was kann dieser Katsche denn?«

»Katsche ist Schränker.«

So, so, aber was wollen wir mit einem Schränker? Mein Nebenmann sieht meinen verständnislosen Blick und erklärt, dass Katsche der beste Schränker am Hellweg sei und dass mit Sicherheit im Haus eines reichen Heinis wie E ...

»Eike«, werfe ich ein.

... dass bestimmt in einem Haus eines reichen Heinis wie ... echt? Eike? ... dass da ein Tresor sei und den könne man sich doch nicht entgehen lassen.

Vermutlich hat er recht, aber die Zeit ...

In fünfhundert Metern rechts auf Westenhellweg abbiegen.

Jetzt rechts auf Westenhellweg abbiegen.

Der erleuchtete Kühlturm vom Kraftwerk Heil erscheint vor uns.

Bitte beachten Sie die Geschwindigkeitsbegrenzung.

»Ja, ja, ja, mach dir nicht ins Hemd, Puppe!«, grunzt der Mann neben mir. Er hat die Pistole jetzt in den Schoß gelegt und entspannt sich. Er schmiedet einen Plan, das merke ich.

Sie haben Ihr Ziel erreicht.

Katsches Bude ist gleich links, wenn man zur Marina in Rünthe abbiegt. Ein Schuppen mit einer Tranfunzel am Eingang, vor dem ein paar rostfleckige Boote liegen. Er passt so gar nicht zu dem schicken Ambiente des Jachthafens.

Ich muss hupen. Eine Frau mit fettigen Haaren kommt in Unterwäsche an die Tür.

Katsche sei draußen auf der *Jennifer*, sagt sie. Morgen früh müsse er mit dem Boot nach Polen und bis dahin müsse der Motor laufen. Klingt nicht gerade nach einem Geschäft mit Lieferschein und ordentlich ausgewiesener Mehrwertsteuer.

Von allen Booten, die in der Marina vor Anker liegen, ist die *Jennifer* sicher das schäbigste. Ich muss wieder ein Hupzeichen geben. Der Kotelettenmann trommelt mir den Rhythmus auf dem Handschuhfach vor.

Katsche streckt seinen Kopf durch ein Kajütenfenster nach draußen. Kotelettenmann winkt und Katsches Kopf verschwindet, nur um kurz danach in der Kajütentür wieder aufzutauchen. Der dazugehörige Körper, der folgt, ist atemberaubend fett. Katsches teigiger Bauch leuchtet prall unter dem Saum eines grobmaschigen Pullovers durch die Nacht. Entsetzt sehe ich, dass seine Hände völlig mit Öl verschmiert sind. Ich denke panisch an die teuren Sitze.

Er wirft sich auf den Rücksitz und der Wagen federt hin und her, als er in die Mitte rutscht und sich zwischen den Sitzen nach vorn beugt. Er stinkt unglaublich nach Schweiß und Öl.

Aus seinem schwarzen Sauerkrautbart grinst mich ein zahnloser Mund an. »Bin Katsche«, sagt er und guckt nach dem Schlüsselbund. »Ede?«

Bevor ich etwas erwidern kann, erklärt ihm der Kotelettenmann, worum es geht. Katsche wölbt die Brauen in die Höhe. In seinen trüben Augen erscheinen jetzt Dollarzeichen. Aus dem Mund riecht es fürchterlich, als er haucht: »Fahrt zurück zum Schuppen, wir holen mein Werkzeug.«

Wenige Momente später gucken wir seinem halbierten,

weißen Arsch hinterher, der zum Schuppen wackelt. Dann kehrt er mit schwerem Gerät zurück, das er in den Kofferraum knallt. Es scheppert und dengelt. Hoffentlich macht er nichts kaputt.

Ich tippe auf der Tastatur des Navis herum. Wieder *Zuhause*. *Die Route ist berechnet.*

Ich gucke auf die Uhr. O Mann!

Jetzt links abbiegen auf A 1 Richtung Köln.

Und weiter geht es südwärts. Ich mache vorsichtig mein Fenster einen Spalt auf, weil Katsche schwitzt, dass man es tropfen zu hören glaubt.

»Es zieht«, grölt der Dicke vom Rücksitz. Also wieder zu.

Bald sind wir am Kamener Kreuz.

»Da biegen wir auf die Zwei ab!«, quakt der Fettklops.

Wir wenden uns irritiert zu ihm um. Er hat ein Handy in der dreckigen Hand. »Planänderung, hab Pogorny gesimst, dass wir ihn abholen kommen.«

Kotelette rechts neben mir nickt einverständig.

»Wer ist Pogorny?«

Kotelette meint gedehnt: »Hmm, tja ... Pogorny. Sagen wir, wir schulden ihm noch was.«

»Hat vier Jahre für uns gesessen«, kommt es von hinten. »Und da war der tote Typ von der Tanke noch nicht mal mit drin.« Er gluckst vor Vergnügen.

Pogorny soll also auch noch mitmachen. Da sind sich die beiden einig. Kotelette steckt die Wumme weg. Pogorny, so erklärt er mit einem wölfischen Grinsen, Pogorny sei viel besser ausgestattet als er.

Pogorny wohnt in Hamm. Ich biege also am Kamener Kreuz ab und folge der Beschreibung des Dicken.

Wenn möglich, bitte wenden.

Wir rollen über die A 2 und ich fahre in Höhe Bönen ab und orientiere mich nordwärts Richtung Hamm. Pelkum, Wiescherhöfen. Das mit der Zeit haut alles vorn und hinten nicht mehr hin. Und der Navitante passt sowieso die ganze Richtung nicht.

Wenn möglich, bitte wenden. Ich habe den Eindruck, dass der Ton schärfer wird.

»Wo treffen wir Pogorny?«, frage ich.

Bei Katsche piept was. Er hat eine SMS gekriegt. »Am Parkplatz hinterm Kaufhof.«

Wenn möglich, bitte wenden.

Kotelette explodiert: »Mann, du blöde Schlampe, halt endlich dein doofes Maul, sonst ...«

Er hat wieder seine Wumme herausgeholt und hält den Lauf ganz dicht vor das Gerät.

Katsches ölige Pranke legt sich von hinten auf seine Schulter. Ein Schwall von Mundgeruch trägt die Worte »Ruhig, Brauner. Sie weiß allein, wo wir hinmüssen« nach vorn.

Das Navigationsgerät murmelt nun halbherzig etwas von *In fünfhundert Metern rechts abbiegen*, dann sagt sie fünfhundert Meter weiter *Jetzt rechts abbiegen*, und als wir das nicht tun, flüstert sie weitere fünfhundert Meter später *Am Kreisverkehr die erste Abfahrt nehmen* und dann schweigt sie frustriert.

Am nur spärlich erleuchteten Parkplatz hinterm Kaufhof warten wir. Fast zehn Minuten. Ich will nicht kleinlich sein, aber das können wir jetzt überhaupt nicht gebrauchen.

Pogorny kommt angeradelt, stellt sein Gefährt im Radschuppen ab, zieht sich die Hosenklammern von den Waden und sichert das Fahrrad gewissenhaft mit einem Zahlenschloss. Pogorny steckt in einem Blaumann, hat kurz geschorenes rotes Haar und eine Brille mit Gläsern so dick wie Dessertschälchen. Das soll ein Killer sein?

Er quetscht sich neben Katsche auf den Rücksitz. »'tschuldigung, Jungs. Bin noch bei Bob vorbei. Er kommt jetzt. Musste noch Kippen kaufen.« Er grinst uns mit erdnussfarbenen Zähnen an. »Und du? Du bist ... E ... Esteban? Enrique? Irgendwas Französisches jedenfalls, wetten?«

»Echnaton«, murmele ich unwirsch.

Da kommt Bob.

Der sieht schon eher nach Killer aus. Bisschen jung vielleicht. Immerhin hat er eine Narbe. »Guck ihm bloß nicht auf die Narbe«, raunt Kotelette von rechts. Die breite, ausgefranste Narbe verläuft von der Mitte der Stirn schräg über die Nase bis auf die rechte Wange. Wer immer dieses Gesicht wieder zusammengeflickt hat, hat entweder einen Lötkolben oder eine Heißklebepistole benutzt. Verzweifelt hefte ich den Blick auf sein linkes Ohr, als er den Kopf zum Beifahrerfenster reinsteckt. »Geil, Jungs, dass ihr mich mitnehmt.«

Bob quetscht sich zu den beiden anderen auf den Rücksitz. Kaum zu glauben, dass das noch geht. Sofort fängt er an zu qualmen.

Das ist ein Nichtraucherauto! Das geht doch nie mehr raus! Ich möchte zu gern was sagen, aber immer wenn ich ansetze, fällt mein Blick in den Rückspiegel und Bobs Narbe leuchtet mir entgegen.

»Bloß nicht auf die Narbe gucken.« Kotelette zählt neben mir mit gesenktem Blick eine Handvoll Patronen. »Sonst rastet er aus.«

Folgen Sie der Straße zwölf Kilometer. Aha, unser Mädchen ist wieder an Bord.

»Navi, geil«, freut sich Bob. »Ich hab schon sechs Stück geklaut, aber noch nie eins benutzt.« Bob sieht aus wie dreizehn. Er scheint mir ein echter Psychopath zu sein. »Geil, voll geil, eh geil, eh.«

Pogorny beugt sich nach vorn. »Bob ist bei mir in der Lehre.« Und zu Bob: »Hast du alles dabei?«

Bob nickt. »Alles dabei.« Er klopft auf seine Lederjacke und im Inneren klimpert es metallen. »Ich hoffe, ich kann heute mal 'n paar Sachen ausprobieren. Wirklich voll total geil, eh, Jungs.«

Eine Zeit lang schweigen wir. Kotelette neben mir hat die Mütze abgenommen und ich kann eine Tätowierung auf seinem kahlen Schädel erkennen. Was ist das? Ein Dackel? Nein, ein Drache.

In tausend Metern rechts auf A 445 in Richtung Arnsberg abbiegen.

»Geil, so 'n Navi! Geil!«

In fünfhundert Metern rechts auf A 445 in Richtung Arnsberg abbiegen.

Ich seufze kraftlos. Im Hilpert-Theater ist wahrscheinlich schon Pause. Dr. Eike Trimbügel hat sicher längst herausgefunden, dass er nicht nur seines Schlüsselbunds verlustig gegangen ist, sondern dass sich zwischenzeitlich auch sein geliebter Mercedes in Luft aufgelöst hat.

Jetzt rechts auf A 445 Richtung Arnsberg abbiegen.

Die Polizei wird uns erwarten, wenn wir am Möhnesee aufkreuzen. Sie werden uns mit Streifenwagen und Hubschraubern jagen.

»Hört mal, könnt ihr mich nicht vielleicht da vorne irgendwo rauslassen? Ich lass euch das Auto und ...«

Sie starren mich stumm an. Ihre Blicke sind kalt wie Eis.

22

»War ja nur so 'ne Idee.«

Wir fahren weiter durch den Abend.

Als auf einem Schild der Name Werl auftaucht, heult Pogorny plötzlich auf wie ein Schlosshund. Vier verdammte Jahre habe er da in diesem Scheißknast gesessen, lamentiert er. Vier Jahre für die Jungs.

»Und da war der tote Typ von der Tanke nicht mal drin«, ergänzt Katsche grinsend.

Vier Jahre, das könne sich ja gar keiner ausmalen, da gehe er nie wieder rein, denn da drin hätten ihn alle schlecht behandelt außer der schwule Wärter aus Soest, der habe ihm immer, wenn er besonders traurig gewesen sei ... Er wird still und schluchzt nur noch leise. Tränen tropfen vom unteren Rand der dicken Brille.

In tausend Metern rechts auf A 44 in Richtung Kassel abbiegen.

Bob summt etwas, um Pogorny zu beruhigen.

In fünfhundert Metern rechts auf A 44 in Richtung Kassel abbiegen.

Jetzt rechts auf A 44 in Richtung Kassel abbiegen.

Wir biegen auf die 44 ab.

Folgen Sie der Straße fünfzehn Kilometer.

Nach sieben Kilometern sagt Katsche zerknirscht, er müsse mal.

»Schluck's runter, da haben wir jetzt keine Zeit für«, herrscht ihn Kotelette an. Bob qualmt wieder, Pogorny furzt. Es ist nicht nur laut, es riecht auch. Nur zur Vorsicht schickt er noch einen hinterher.

»Boah, Pogorny, das riecht, als wäre dir ein Tier hinten reingekrochen und drin gestorben!«, ächzt Kotelette.

Bei der Ausfahrt 56 biegen wir ab. Katsche zieht geräuschvoll die Luft zwischen den Zähnen ein. »Geht bald nicht mehr«, wimmert er.

»Jetzt nicht!«, knurrt Kotelette.

Er wird mir die Sitze vollpinkeln, denke ich. Die guten Ledersitze! Was wird Eike sagen?

»Ich könnte mal kurz rechts ...«, beginne ich, als wir das erste Gehöft passiert haben. Es klickt. Kotelette entsichert die Knarre. »Untersteh dich, Bürschchen.«

»Dann fahr schneller«, winselt Katsche. Ich trete aufs Gas. Wir schießen durch ein Kaff. Im Vorbeifahren lese ich irgendwas mit Wipp...

Die Allee ist schnurgerade und elend lang. Rechts blinken die roten Lämpchen der Windräder durch die Nacht.

»Nicht so schnell«, mault Pogorny jetzt vom Rücksitz. »Mir wird schlecht.«

Ich gucke in den Spiegel und sehe Bobs Narbe. Sie leuchtet geradezu im Dunkeln, wie ein feuriger Blitz. Warum kann ich nicht woanders hingucken?

»Was ist, häh?«, blafft er. »Hab ich was an von dir? Passt dir was nicht?«

»Nein, nein, alles in Ordnung, ich ...« Ich konzentriere mich auf die Straße, die Alleebäume.

»Ist es meine Narbe ...« Er guckt zum Schlüsselbund. »Häh, Engelbrecht? Hast du noch nie 'ne Narbe gesehen? Weißt du, was ich mit dem gemacht habe, der zuletzt so auf meine Narbe gestarrt hat, häh?« Er zückt ein Messer.

In fünfhundert Metern der Straße nach rechts folgen.

Die Scheinwerfer fressen sich durch die Finsternis.

Jetzt der Straße nach rechts folgen.

Pogorny ist plötzlich sehr aufgeregt und ihn überkommen heftige Flatulenzen.

Die Straße macht eine starke Rechtskurve und wir schießen mit Vollgas hinein.

Katsche heult auf: »Zu spääät!«

Ich rufe: »Nicht auf die Sitze!«

Häuser rasen rechts und links vorbei. Wir fahren mindestens mit Schallgeschwindigkeit. Bobs Hand mit dem Messer schießt nach vorn, er will mir ein Ohr abschneiden, ich schreie, das Steuer dreht sich hin und her. Katsche und Pogorny versuchen, dem Wahnsinnigen Einhalt zu gebieten, die Brücke über den Möhnesee rast auf uns zu, die Frau im Navi behauptet: *In tausend Metern haben Sie Ihr Ziel erreicht*, als Kotelette durchdreht und drei ohrenbetäubende Schüsse auf das Armaturenbrett abfeuert.

Wir sind bereits ein paar hundert Meter auf der Brücke dahingerast, als ich endgültig die Kontrolle über das Lenkrad verliere.

Tausend Meter vor der Villa am Möhnesee.

Es dröhnt blechern, der Wagen bricht nach links durch die Leitplanke, schwebt ein paar Augenblicke durch die Luft, und während das Blechgehäuse schließlich mit uns eine elliptische Kurve nach unten beschreibt und das schwarze Wasser sekundenschnell auf uns zurast, greife ich instinktiv nach dem Türgriff.

Ich bin der Einzige.

Kurz bevor es mir gelingt, mich hinauszuschwingen, kurz bevor mich der Windstrudel packt und bevor sich Dr. Eike Trimbügels Wagen endgültig in die unergründliche Tiefe des Möhnesees bohrt, glaube ich noch zu hören: *Wenn möglich, bitte wenden ... bitte ...*

Schöne Aussichten

M anfred!«
Er presste einen unverständlichen Fluch zwischen den Zähnen hervor und ließ seine Rechte ins lauwarme Badewasser gleiten. Dann plätscherte er ein wenig im Schaum herum.

Sie ließ nicht locker. »Manfred?« Und nach einer kleinen Weile: »Schlümpfchen?«

»Was denn?«, knurrte er.

»Was machst du?«

»Was soll ich machen? Ich bade!«

»Manfred, warum hast du abgeschlossen?«

»War vorher auf'm Klo. Hab danach vergessen, wieder aufzumachen.«

Er rührte im Wasser herum, dass es gluckste und plätscherte.

»Manfred, gleich fangt ›Wetten dass?‹ an!«

»Ich weiß, Gitti, ich weiß. Bin gleich fertig. Nur noch Haare waschen.« Er kippte Apfelshampoo ins Badewasser. Es musste alles echt wirken. Ohne hinzugucken, versuchte er, die rechte Hand am Badetuch abzutrocknen.

Er konnte unmöglich jetzt das Fernglas herunternehmen. Dieser Ausblick war zu schön, um wahr zu sein.

Vor der Tür gab sich Gitti offensichtlich geschlagen. Es blieb still.

Manfred drehte am Rädchen und stellte das Bild schärfer.

Er sah bläuliches Licht, ein kaltes Strahlen, das die Wölbungen des Körpers in glänzenden blauen Kunststoff verwandelte. Eine sanfte, lang gestreckte Dünenlandschaft, mit der blauen Palette gemalt. Die beiden Brüste waren leicht zur Seite gerutscht. Volle, schwere Brüste. Er sah sie nicht

28

zum ersten Mal. Kein Silikon, soweit er das beurteilen konnte. Alles Natur. Mindestens einmal in der Woche nahm sie ein Sonnenbad. Legte sich für ihn zurecht, so fantasierte er sich das zusammen. Zeigte ihm ihren unvergleichlichen nackten Körper. Meistens Samstagabends. Diese Brüste! Wenn sie lag, bildeten sie zwei große, teigige Seen, mit dunklen, kreisrunden Inseln darin. Immer wenn sie sich dann nach dem Sonnenbad eincremte, verformten sie sich geschmeidig unter dem Druck ihrer schlanken Finger. Er konnte sich sehr gut vorstellen, wie sie sich anfühlten.

Manfred hatte viel Fantasie. Das war ja das Schlimme. Wenn er diese Fantasie nicht hätte! Dann würden all diese Dinge gar nicht passieren.

Zwischen den Schenkeln glitzerten hellblau, fast weiß, kleine Härchen. Sie war naturblond. Ihre Hand ging auf Entdeckungsreise. Strich über die linke Brust, glitt über die himmelblaue Dünung tiefer. Was kam denn jetzt? Das Fernglas in seiner Hand begann sanft zu vibrieren. Würde sie etwa ...? Sie kratzte sich am Bauchnabel. Manfred entspannte sich.

Splitternackt saß er auf der Toilettenschüssel. Die Aufregung hatte seinen gebeugten weißen Rücken mit einer Gänsehaut überzogen.

»Schlümpfchen, willst du gleich 'n Bier?«

Er riss sich vom Objekt seiner Begierde los und sah verärgert zur Tür hinüber. Gitti ging ihm auf den Zeiger. Als er den Mund öffnete, um zu antworten, war seine Stimme krächzend und kraftlos. »Gerne, Schatz.« Der Bademantel hing an der Türklinke. Das Schlüsselloch war verdeckt. Alles okay.

Das Badewasser kühlte immer mehr ab. Gleich würde er rasch einmal eintauchen, um die Täuschung perfekt zu machen. Dann föhnen, und dann ›Wetten dass?‹.

Im Haus gegenüber leuchtete es noch immer bläulich aus dem rechten Fenster des sechsten Stocks. Das linke Bein hatte sie inzwischen ein wenig angewinkelt. Fast reichte es, um ihm einen Blick zwischen ihre Schenkel zu gewähren. Aber nur fast.

Ihre Hände lagen flach neben den Oberschenkeln. Wenn sie sich doch ein bisschen gestreichelt hätte. Tat sie aber leider nicht.

Vor zwei Jahren war da eine gewesen. Im Haus Nummer siebenundzwanzig. Das lag gerade noch so in seinem Blickfeld. Die hatte es sich oft selbst gemacht. Im Sommer manchmal sogar auf dem Balkon. Völlig schamlos.

Und Manfred hatte mitgemacht. Sehr verschämt, verdeckt von einer Zimmerlinde, die bei ihnen im Badezimmer prächtig gedieh.

Jutta hatte sie geheißen.

Manfred versuchte immer möglichst viel über seine Nachbarinnen herauszufinden. Wenn er erst mal ihren Namen kannte, fühlte er sich ihnen schon ganz vertraut. Jutta war ein bisschen pummelig gewesen. Mit schlaffen, länglichen Brüsten. Aber das, was sie mit ihren Händen machte, hatte ihn diese körperlichen Nachteile ganz rasch vergessen lassen.

Eines Tages war sie vom Balkon gefallen. Völlig unerwartet. Beim Blumengießen angeblich. Solche Dinge konnten vorkommen.

Manfred genoss vom Badezimmer aus den Ausblick auf eine hässliche Hochhaussiedlung am Rande der Stadt. Schäbige Gebäude, gesichtslose Wohncontainer, in denen die Men-

30

schen nebeneinander lebten, übereinander, untereinander ... nie miteinander. Er schätzte, dass es beinahe achtzig Wohnungen waren, in die er ab und an mithilfe seines Fernglases eindringen konnte.

Vom Küchenfenster und vom Schlafzimmerfenster waren es noch mal so viele. Aber da war natürlich die Gefahr, von Gitti überrascht zu werden, viel zu groß.

Vom Schlafzimmer aus hatte er mal den ganzen letzten Herbst lang eine Frau beobachtet, die Männer empfing. Jede Menge Männer. Marina. Eine Italienerin mit spitzen kleinen Brüsten und vollen Lippen. Sie trug das Haar wie eine ungebändigte Löwenmähne und hatte ihre Liebesdienste stets bei zugezogenen Vorhängen verrichtet. Aber Marinas Vorhänge waren aus einem dünnen, bronzefarbenen Stoff gewesen, der das Geschehen nur dürftig verschleiert hatte. Ab und zu, wenn Gitti noch nicht von der Arbeit im Schlecker-Markt zurück gewesen war, hatte Manfred sie beobachten können, wie sie sich mit wildem Gerangel und unter unglaublichen Verrenkungen auf ihrem Bett ihr Taschengeld verdiente. Der unscharfe Blick auf die Dinge hatte es Manfred sehr leicht gemacht, sich vorzustellen, dass er derjenige war, der da zwischen ihren Schenkeln schwitzte. Ab und zu hatte er es geschafft, im selben Rhythmus mitzuhalten.

Marina ... er seufzte und ließ erneut das Badewasser plätschern. Sie war als Anhalterin von einem Auto mitgenommen und erst sechs Tage später am Rande eines Maisfeldes aufgefunden worden.

Aber jetzt musste er sich auf Roswitha konzentrieren. Roswitha, so hatte er herausgefunden, hatte erst kürzlich ihren Lebensgefährten vor die Tür gesetzt.

Der Typ hatte gesoffen. So was sah Manfred eben auch. Einmal, da hatte er Roswitha tatsächlich geschlagen. Mit der geballten Faust hatte er richtig zugelangt, sodass sie rückwärts gegen die Küchenzeile geflogen war. Hinterher hatte sie stundenlang auf dem Bett gesessen und geheult. Unten vor dem Haus war der Typ in seinen Ford mit dem losen Auspuff gestiegen und davongeknattert.

Wie gerne wäre Manfred hinübergegangen und hätte Roswitha getröstet. Hätte sie in den Arm genommen und ihr über das blonde Haar gestrichen, hätte, wie zufällig, ihre volle Brust gestreift. Das hätte sie bestimmt abgelenkt. Er wäre sehr, sehr zärtlich zu ihr gewesen.

Jetzt erlosch das blaue Licht, und Manfred erzitterte. Rasch, Roswitha, rasch! Er schielte auf die Armbanduhr, die auf dem Wannenrand lag. Gleich fing ›Wetten dass?‹ an, und dann würde Gitti ungeduldig werden!

Roswitha erhob sich langsam von der gläsernen Sonnenliege. Ihre Brüste glitten wieder in die Senkrechte. Zwei herrlich weiche Kissen, wie gemacht, um sich daran zu ergötzen, um sich auf ihnen zu betten und zu träumen.

Einen ähnlichen Busen hatte nur Franziska gehabt. Um mit Franziska zusammen zu sein, hatte sich Manfred immer in die rechte untere Ecke des Badezimmerfensters quetschen müssen. Aber es hatte sich jedes Mal gelohnt. Franziska, so hätte man glauben können, Franziska war anscheinend immer nur splitternackt in der Wohnung herumgelaufen. Franziska war Studentin. Er hatte sie manchmal gesehen, wenn er am Unigelände vorbeigefahren war. Franziska war jeden Tag mit dem Fahrrad unterwegs. Die dunkelblonden Haare zu einem unglaublich langen Zopf gebunden, der im

Fahrtwind hinter ihr herflatterte. Ein zierliches kleines Persönchen, mit einer atemberaubenden Oberweite. Braun gebrannt war Franziska gewesen, und sie hatte schneeweiße, pralle Brüste und ein weißes Dreieck unterhalb des Bauchnabels. Eine Kombination, die Manfred schier verrückt gemacht hatte. Und dazu noch der Zopf! Eines Tages war die Polizei im Viertel gewesen. Nichts Ungewöhnliches eigentlich. Dauernd wurden hier Autos geknackt oder Wohnungen ausgeräumt. Aber dieses Mal waren es mehr Beamte gewesen als sonst. Franziskas Leiche war im Aufzug gefunden worden. Jemand hatte sie abgestochen. Morgens, vor dem Weg zur Uni. Manchmal, wenn er daran dachte, musste Manfred weinen. Seine süße kleine Franziska.

Und dann war da auch noch Iris gewesen. Ein blasser, schlanker Körper voller Muttermale. Iris, die kurz vor Weihnachten überfahren worden war. Und die rothaarige Charlotte, die immer nackt getanzt hatte. Zu Musik, die manchmal durch die ganze Siedlung geschallt hatte. Mit ihr hatte es dann ja auch ein schlimmes Ende genommen ...

Da! Die Körperlotion! Roswitha schraubte den Verschluss ab und kippte die Flasche. Warum drehte sie ihm denn jetzt den Rücken zu? Sie reckte den angewinkelten linken Arm hoch in die Luft und begann, mit der Rechten die Creme auf ihrem Oberkörper zu verteilen. Warum drehte sie ihm denn jetzt, verdammt noch mal, den Rücken zu! Wütend schlug Manfred ins Badewasser, dass es nur so spritzte. In solchen Momenten packte ihn die Wut.

Roswitha hatte sich die Haare hochgesteckt, und ihr nackter Körper wand sich unter den kreisenden Bewegungen ihrer Hand. Die Linie ihres Rückgrats bog sich wie eine tanzende Schlange hin und her. Das ockerfarbene Licht der kleinen Nachttischlampe im Hintergrund malte eine goldene Aura um ihren üppigen Körper.

Manfred versuchte, das Fernglas noch schärfer zu stellen. Er hielt den Atem an und stützte sich mit dem Ellenbogen auf der Fensterbank ab. Seine andere Hand griff nach unten, dorthin, wo sich etwas zuckend regte, langsam aufrichtete ...

Ja, meine kleine Roswitha, dreh dich noch ein Stückchen. Jetzt sehe ich es, es wird ja doch noch alles gut.

In der Ferne hörte er die Titelmelodie von ›Wetten dass?‹ und tosenden Applaus.

Unversehens erschien ein klobiger, dunkler Gegenstand im Doppelrund von Manfreds Fernglasbild und traf hart auf Roswithas Nacken. Alles geschah im selben Moment. Roswitha riss die Arme hoch, wurde von der Wucht des Aufpralls nach vorne geworfen und verschwand aus dem Bild. Die beiden Hände, die den Knüppel geführt hatten, schwangen mitsamt der grausamen Waffe abwärts, und zwischen Manfreds Beinen sackte etwas jäh in sich zusammen.

Hektisch fingerte Manfred am Rädchen des Fernglases und schwenkte gleichzeitig nach links, dorthin, wo der unerwartete Angreifer stehen musste.

Gitti trug ihr dunkles Sweatshirt und hatte die Kapuze über den Kopf gezogen. Trotzdem erkannte er sie natürlich gleich. Sie kniete sich hin, vermutlich, um an Roswithas nacktem Körper nachzufühlen, ob der Angriff auch gelungen war. Für einen Moment sah er nur noch einen Stoffzipfel.

Dann erhob sie sich wieder, holte weit aus und schlug ein weiteres Mal zu. Und zur Vorsicht noch ein drittes Mal. Schließlich trat sie ans Fenster und zeigte ihm durch die Dämmerung hindurch einen behandschuhten, drohenden

Zeigefinger. Was sie in der Hand hielt, schien Manfreds Hantelstange zu sein.

Er seufzte lang und tief und verstaute das Fernglas in der Lederhülle. Wäre ja auch zu schön gewesen. Das Badewasser war kalt, der Schaum hatte sich verflüchtigt. Das konnte er sich jetzt auch sparen.

Später saßen sie nebeneinander auf der Couch im Wohnzimmer und aßen Chips. Manfred trank das versprochene Bier.

Heiner Lauterbach war zu Gast bei Thomas Gottschalk. Und Sophia Loren. »Mann, die ist ja auch nur noch Haare, Brille und Zähne«, sagte Gitti und ließ eine Handvoll Chips in ihrem breiten Mund verschwinden. Und als sie krachend zu Ende gekaut hatte, wandte sie sich zu Manfred und sagte: »Beim nächsten Mal werde ich echt sauer, Schlümpfchen, hörst du?«

**Ja, im Salzkammergut,
da kammer gut ...**

Was schaun Sie so? Hä? Was starren Sie mich so an? Sie schauen mich so an. So komisch, als ob Sie's nicht glauben können.

Sie glauben, Sie haben mich erkannt? Was? Können Sie nicht rechnen? Soll ich etwa 1926 geboren sein? Wie alt schätzen Sie mich? Anfang dreißig? Stimmt, 1975 bin ich geboren.

Aber gut, wir sehen uns schon verdammt ähnlich. Ich und ... na ja, er. Er mit dreißig. Wenn irgendwer auf dieser Welt so ausschaut wie er mit Anfang dreißig, dann ich.

Mit Anfang dreißig, da hat er diesen Film gedreht.

Wie, welchen Film? Wo sind wir denn hier? Na? Kann es sein, dass Sie ein bisserl schwer von Begriff sind?

Da! Da vorne ist er rumgetanzt und hat gesungen! Schwarzer Frack, weißes Tuch überm Arm.

Ja, im Salzkammergut, da kammer gut ...

Genau, im Weißen Rössl. *Im Weißen Rössl am Wolfgangsee.*

Ich brauch einen Schnaps. Ich brauch jetzt dringend einen richtigen Schnaps. Ach was, zwei.

Wissen Sie was? Ich erzähl Ihnen die ganze Geschichte. Haben Sie einen Moment Zeit? Wie viel Uhr sind's? Darf ich Sie zu einem Getränk einladen? Noch ein kleiner Brauner? Gut. Ober!!!

Als Graf Bobby war er ja schon brillant oder als Charleys Tante. Aber gnä' Frau, die Krönung war natürlich der Zahlkellner Leopold im Weißen Rössl am Wolfgangsee.

Warum ich hier bin? Schauen Sie mal hier, in dieser Broschüre. Können Sie's lesen? Keine Brille? Gnä' Frau brauchen aber doch keine Brille. So jung. Was? Schon über ...? Kaum zu glauben. Wirklich, kaum zu glauben!

Ich lese es Ihnen vor. *Großer Lookalike-Wettbewerb*. Lookalike? Das ist ... das bedeutet ... also, wenn man so ausschaut wie er ... also, wenn man wirklich so ausschaut, dann konnte man vierzigtausend Schilling bekommen. Ja, vierzigtausend Schilling, verstehn's: das sind zweitausendachthundert Euro. Bar auf die Hand!

Sie finden auch, dass ich die allemal verdient hätte, nicht wahr? Aber ich sag Ihnen was, gnä' Frau. Das Schicksal hat auch seine schlechten Tage. Das Schicksal stolpert durch manche Tage hindurch, benimmt sich derart blöd, dass man ihm geradewegs eine reinschlagen möchte.

Eigentlich bin ich ein recht zufriedener Mensch. Ein musischer. Ich kann jodeln, ich kann steppen. Doch, wirklich, steppen.

Meine Mama hat mir einen Stepplehrer bezahlt. Die Gute. Wie bitte? Singen auch, ja. Genau wie er!

Nein, gnä' Frau, singen kann ich jetzt hier nicht. Da stehen ja gleich alle um unseren Tisch herum. Ich möchte mich viel lieber mit Ihnen unterhalten, Ihnen alles erzählen.

Der Wettbewerb, ja ja, der Wettbewerb ...

Zuerst hieß es, er werde den Preis selbst überreichen. Punkt zwölf im Rathaus. Er! Das wäre natürlich ... Meine Güte, da hätte ich ...

Aber er lebt ja jetzt sehr zurückgezogen, heißt es. Das Schicksal hat ihm ja auch ganz böse mitgespielt. Erst die Frau und jetzt auch noch die Tochter. Tragisch ist das.

Also doch nur der Bürgermeister. Nun ja.

Eigentlich fahre ich Tramway in Wien. Nein, nein, nicht als Fahrgast, ich lenke die Tramway. Bim-Fahrer ist ein verantwortungsvoller Beruf. Das Gefährt mit all den Fahrgästen,

das man lenkt, das minutiöse Einhalten des Fahrplans ...
Pünktlichkeit, gnä' Frau, Pünktlichkeit!

Na ja, allein schon das Geld könnt ich natürlich gut
gebrauchen. Aber eigentlich ist das Geld eher zweitrangig.
Viel wichtiger ist, dass ich ja doch derjenige bin, der ihm am
ähnlichsten sieht. Finden Sie doch auch, oder? Sehen Sie. Die
anderen, die hab ich ja auch schon in Augenschein genommen. Wir sind ja schon ein paar Tage hier. Wenn von denen
einer ... Nein, im Leben könnt ich das nicht mit ansehn!

Der Kerl aus Dresden, der hat auch ein bisschen so ausge-
schaut wie er. Natürlich längst nicht so überzeugend wie ich.
Ach wo. Graublaue Augen! Ich bitt' Sie! Muss ich noch mehr
sagen? Graublaue Augen! Außerdem hat er gelispelt. Stellen
Sie sich das vor! Eine gelispelte Dankesrede! Womöglich auf
Sächsisch!

Er ist ein Wiener. Verstehen Sie. Ein Wiener! Und dann
kommt so ein Deutscher daher und äfft ihn nach. Ein Piefke!

Aber man muss ja immer mit allem rechnen. Die Jury
könnte sich ja schließlich irgendwie an der Nase herumfüh-
ren lassen. Könnte ja bestochen sein. Doch, doch, das gibt's.

Ich bin also diesem Deutschen begegnet. Mit der ersten
Bahn waren wir oben auf dem Schafberg. Ich bin ein Früh-
aufsteher. Jeden Morgen punkt 6.30 Uhr klingelt mein
Wecker. Man muss sich den Tag genau einteilen, gnä' Frau.

Wir waren also hoch droben. Was für ein grandioser Ausblick! So was hab ich noch nie zuvor gesehen. Rundherum
das ganze Salzkammergut!

Er hat auch gar nicht viel dahergemacht, der Sachse. Ein
bisschen mit den Armen gerudert, als ich ihn geschubst hab,
ein bisschen weit die Augen aufgerissen. Und als es dann

40

hinunterging, da hat er auch gar nicht viel geschrien. Die Norddeutschen sind ja auch sehr wortkarg, so sagt man. Ich hab ihm noch hinterhergeschaut, wie er da in der Tiefe verschwand, und hab gedacht: Nein, nein, so sieht kein Gewinner aus.

Jetzt schaun Sie sich nur um! All die blitzsauberen Fassaden, der azurblaue See, die majestätischen Berge ...

Im Weißen Rössl am Wolfgangsee, da steht das Glück vor der Tür ...

Die Melodie geht mir Tag für Tag durch den Kopf. Meiner Mutter und ihrem Kaffeekränzchen hab ich's schon als kleiner Bub vorsingen müssen. Ich hab immer gekellnert, wenn die Damen zu Besuch kamen. Im Kommunionsanzug. Und immer hat man mir ein paar Münzen zugesteckt.

Der Zahlkellner Leopold, das können Sie mir glauben, gnä' Frau, der war mir schon in die Wiege gelegt. Also natürlich der Leopold, den er gespielt hat.

Dieselbe Brillantine benutz ich wie er. Einmal hab ich mir sogar in Wien ein Schnupftuch gekauft im selben Geschäft, in dem er sich einkleiden lässt.

Schaun Sie, hier. Hier ist es. Schaut schon ein bisschen verwaschen aus. Die Initialen P.A., die hat mir die Mama hineingestickt.

Sehen Sie meine Mundwinkel? Wenn ich so zaghaft lächle. Na? Genau wie er. Richtig. Ist Ihnen gleich aufgefallen, nicht wahr? Deshalb müsste ich ja auch den Preis kriegen. Eine ganze Reihe hat sich beworben. Keiner so überzeugend wie ich natürlich.

Auch der aus Graz. Ganz fürchterlicher Mundgeruch! Der

wehte gleich zu mir herüber, als wir gemeinsam auf Deck vom Raddampfer gestanden sind. Der Grazer war mir fast sympathisch. Doch, doch, das muss ich zugeben. Hatte natürlich gar keine Chance auf den Preis. Ach, was denken Sie! Der hatte sich zwischen den Augenbrauen die Nasenwurzel rasiert. Wahrscheinlich war er sonst ganz buschig da oben. Da war alles ganz rot und schuppig und hat gerieselt. Und, wie gesagt, der Mundgeruch ... Wie aus einem alten Abflussrohr! Sicher, die Jury riecht ihn ja nicht. Und seinen Nasenwurzel-Rasurbrand hätte er ja auch wegschminken können ... Man muss ja mit allem rechnen.

Wie hat er nur in eins der Schaufelräder vom Raddampfer kommen können, haben sich alle an Bord der »Kaiser Franz-Josef« gefragt. Man muss sich schon arg dämlich anstellen, um dazwischenzugeraten. Auf der Höhe von Ried, als zur Rechten der Krankenwagen mit Tatütata und Blaulicht am Ufer vorbeigeschossen ist, da ist's passiert. Den Grazer hat das gar nicht interessiert, das Blaulicht. Und – schwups – weg war er. Und dann hat es ganz rosarot um das Schaufelrad geschäumt. Bis das mal einer gemerkt hat.

Ist Ihnen nicht gut? Warten Sie, ich bestelle Ihnen einen Zirbenschnaps. Ober!!!

Aber, aber, aber, meine Herrschaften ... Bleiben Sie doch bitte sitzen, gnä' Frau. Ich bin ja noch nicht fertig. Ist doch so herrliches Wetter. Schau'n Sie, da hinten fährt einer Wasserski. Das tät ich auch gern. Natürlich im Frack, so wie er, im Film. Mein Gott, war das lustig.

Den Tschechen, den hätten Sie sehen sollen! Der ist gestern erst angereist. Ha, der war ja viel zu dick und hatte einen Seitenscheitel! Einen Sei-ten-schei-tel!!! Ich bitte Sie! Haben Sie ihn jemals mit einem Seitenscheitel gesehen? Na, bitteschön! Ich hätte schreien können, als ich ihn sah. Sicher war da eine gewisse Ähnlichkeit, aber der Seitenscheitel und der watschelnde Gang. Als ich gesehen habe, wie er dort drüben in der Kirche niederkniete und die Hände faltete, vermutlich, um beim Herrgott um den ersten Platz und das Preisgeld zu betteln, da hab ich mich beherrscht. Hab nicht geschrien. Ganz leise war ich. Die Glocken haben zum Mittag geläutet. Punkt zwölf Uhr war's. Und mit einer dicken Kerze vom Guggenbichler-Altar hab ich ihm dann einen Mittelscheitel gezogen. Nur zur Vorsicht. Ich hab's Ihnen ja erklärt, gnä' Frau. Man kann nicht vorsichtig genug sein. So eine Jury ist ja oft blind und blöd.

Naja, und damit wäre im Grunde genommen ja auch schon alles erzählt. Tut gut, der Zirbenbrand, nicht wahr? Warum ich Ihnen das alles berichte? Weil Sie mich so angeschaut haben, gnä' Frau. Weil Sie gleich erkannt haben, dass ich es bin, dass nur ich es sein kann. Er sein kann.

Jetzt brauch ich auch einen Zirbenbrand. Ober!!!

Bringen Sie mir gleich zwei. Nein, drei, der Dame auch einen!

Doch, doch, trinken Sie ruhig. Sie hören ja jetzt das Ende der Geschichte.

Nun konnte nichts mehr schiefgehen. Die drei Konkurrenten waren ausgeschieden. Und den Tiroler hab ich schon auf der Hinfahrt mit dem Auto erwischt. Man kennt sich ja untereinander von der Vorentscheidung. Und den schwulen Schauspieler aus Linz, mit dem ich mal vor zwei Jahren in dieser blöden Fernsehsendung war, den hab ich mir in der

Sauna vom Hotel vorgeknöpft. Handtuch um den Hals ... Zack, vorbei. Und den Transsexuellen aus Wien, der früher mal als Krankenschwester im Krankenhaus Göttlicher Heiland in Hernals gearbeitet hat, den hab ich grad vor zwei Stunden hier in der Toilette vom Weißen Rössl ... Chrrrkrrk ... Sie wissen, was das bedeutet, wenn ich mit dem Daumen so an der Kehle vorbeifahre, nicht wahr? Wahrscheinlich hat den noch gar keiner gefunden, denn sonst säßen wir jetzt nicht hier.

Wir säßen jetzt nicht hier, und ich hätt Ihnen nicht alles erzählt.

Auch nicht den traurigen Schluss.

Schaun Sie hier, meine Uhr. Die Armbanduhr. Nichts Besonderes eigentlich. Ich hab sie auf dem Trödel gefunden, weil er auch so eine getragen hat, im Film. Schaut auf jeden Fall so aus. Hat mich jetzt schon dreizehn Jahre zuverlässig begleitet und hat mich nie im Stich gelassen. Niemals. Und? Was zeigt sie an? Ach ja, ohne Brille ... Ich sag's Ihnen: Sie zeigt fünf Minuten nach zwölf. Und wie viel Uhr ist es in Wirklichkeit? Anderthalb Stunden später, gnä' Frau! Doch, schon.

Sie ahnen, wie's zu Ende geht? Richtig.

Abgehetzt und mit frisch gewaschenen Händen und zwei kleinen Bluttupfern auf den Manschetten komme ich zum Rathaus gerannt und denke, in der halben Stunde vor der Siegerehrung kann ich noch ein paar Atemübungen machen und noch einen Blick auf die Dankesrede werfen, und noch ein Glaserl Sekt zur Beruhigung trinken ...

Vorbei!

Aus, Schluss, zu Ende!

Ein Uhr ist es, und der Wettbewerb ist beendet. Der Champagner kreist, der Sieger ist gekürt.

Jetzt fragen Sie sich natürlich, wer denn da gewählt worden ist, wo alle, die auch nur halbwegs nach ihm ausgesehen haben nicht angetreten sind, wo derjenige, der ihm gar zum Verwechseln ähnlich sieht, sich an einem ganz anderen Ort befunden hat?

Ein Japaner!

Ein schlitzäugiger, gelbgesichtiger Japaner im dunkelblauen Anzug, mit Brille und pechschwarzem Haar.

Er sang gerade *Es muss was Wundelbales sein* ... als ich dazukam. Dieser miese Asiat, dieses flachgesichtige, grinsende Subjekt. Man hat mich zurückhalten müssen, damit ich ihm nicht an die Gurgel gehe, diesem ... Mir war so ... mir war so ... ich glaube, ich habe für ein paar Minuten das Bewusstsein verloren.

Weinen Sie nicht, gnä' Frau. *Es ist einmal im Leben so*. Hier, nehmen Sie mein Schnupftuch. Es ist frisch gewaschen. Ich bestelle uns noch einen Zirbenschnaps. Ober!!!

Ach, schau an, da kommt ja auch die Polizei. Passt so gar nicht ins friedliche Bild, hier am Wolfgangsee. Sie steuern geradewegs auf uns zu. Ich nehme nicht an, dass gnä' Frau mit dem Gesetz in Konflikt geraten sind, oder? Die meinen mich. Ja ja, die meinen mich. Nicht aufregen, gnä' Frau, das kenn ich. Das ist immer das Gleiche. Wo hab ich nur meinen Kugelschreiber. Keine Sorge, gnä' Frau, die wollen nur ein Autogramm. Das wollen alle. Das mach ich gern.

Verträumt

Henriette blickte von dem kleinen Stapel Fotos in ihrer Hand auf und sah zu Manuel hinüber. Er saß in der Fensternische neben dem Kamin, lesend, rauchend, in seinem verwaschenen T-Shirt, das jeden seiner Muskeln deutlich erkennen ließ. Ihr Herz schlug schneller, so, wie immer, wenn sie ihn ansah. Das Licht des Sommerabends malte eine goldene Aura um seinen schönen Kopf.

»Nicht mehr lange«, flüsterte sie so leise, dass er es nicht hören konnte. »Nicht mehr lange, und ich gehöre nur noch dir.«

Ihr Mann würde sie gut versorgt zurücklassen, wenn erst alles erledigt war. Nach Aussage des sonnenbebrillten Herrn, der sich mit ihr auf dem Autobahnparkplatz getroffen hatte, war alles ein Kinderspiel. Sie hatte ihm viele Geldbündel und ein Foto gegeben. Ein Schuss aus sicherer Entfernung, und sie würde endlich frei sein.

Frei für Manuel, der sich seit einigen Monaten nicht allein um den Garten des Herrenhauses kümmerte. Frei für den Mann, der ihr einen Taumel des Glücks beschert hatte, der sie zum jungen Mädchen gemacht hatte und sie in einen fortwährenden Zustand der Verwirrung und der Träumerei versetzt hatte.

Manuel drückte die Zigarette aus und drehte sich zu ihr um. Scheu senkte sie wieder den Kopf über die Fotografien vom letzten Gartenfest. Ihre Finger zitterten vor Glück, ihr Atem ging stoßweise.

Unvermittelt zerriss das laute Splittern von Glas die Stille. Manuel wurde von dem steinernen Fenstersitz geschleudert.

Das Buch, das er gerade noch in der Hand gehalten hatte, fiel zu Boden. Manuels Körper blieb ausgestreckt auf den Steinstufen liegen und rührte sich nicht mehr. Auf seiner schönen Stirn sickerte ein rotes Rinnsal aus einem kleinen, kreisrunden Loch.

Henriette sprang auf, und die Fotografien entglitten ihren Händen. Sie flatterten zu Boden, und zuoberst landete ein Bild ihres Mannes. Feist lächelnd.

»Scheiße«, dachte Henriette. »Falsches Foto.«

Im Büdchen

Ich geh noch mal runter zum Büdchen«, murmelt Hübi und zieht die Tür hinter sich ins Schloss. Er guckt auf die Stufen, während er das Treppenhaus hinunterpatert. Steinstufen mit kleinen hell- und dunkelgrauen Tupfen. Eigentlich muss er nicht auf die Stufen gucken, denn er würde hier auch in der völligen Finsternis nicht stürzen. Nicht mal besoffen. Der Tritt ist ihm in Fleisch und Blut übergegangen. Aber an diesem Tag hat er den Kopf gesenkt. Ist schlecht drauf. Er will jetzt 'nen Jägermeister.

Gürcan im Büdchen hat immer Jägermeister. Und die Jungs werden auch da sein.

Gürcan begrüßt ihn mit der stets gleich bleibenden undurchschaubaren Freundlichkeit des Nahen Ostens. »Hübi, Tach. Hübi, Jägermeister?«

Hagen und Flamingo sind da, so wie Hübi das erhofft hat. Gemeinsam lehnen sie an einem der zwei Stehtische.

Hagen hebt zum Gruß den rechten Zeigefinger. Flamingo winkt mit der Krücke. Man könnte annehmen, sein fehlendes linkes Bein habe ihm den exotischen Spitznamen eingetragen, aber in seinem Pass steht »Ingo Flamm«.

Hagen blättert in der Bildzeitung und schüttelt fortwährend den Kopf.

»Und noch drei Lakritzschnecken«, bestellt Hübi und gesellt sich zu seinen Kumpels.

»Wie isset?«

»Muss«, sagt Hagen.

»Mir isset egal«, sagt Flamingo.

Hübi knackt den Schraubverschluss des Jägermeister-Fläschchens und lässt die Hälfte des Inhalts gluckernd in seiner Kehle verschwinden.

Leyendecker kommt rein, schwitzend wie immer. Mittagspause. Seit einem dreiviertel Jahr arbeitet er im Angelgeschäft vier Häuser weiter.

»Tach, Gürcan, Cola un Snickers.«

Jeden Tag Cola und Snickers. Seit einem dreiviertel Jahr. Und wenn er den Job behält, noch in Ewigkeit so weiter.

»Tach, Jungens.«

»Tach, Leyendecker. Wie isset?«

»Muss.« Das Snickers verschwindet in seinem Rachen. Und dann, auch schon seit einem Dreivierteljahr: »Un noch en Schnitzelbrötchen, Gürcan.« Einmal waren die Schnitzelbrötchen aus. Krise. Drei Bifi waren nötig gewesen, um ihm drüberweg zu helfen.

»Un?« Er deutet auf die Bildzeitung.

»Benzinpreis klettert wieder«, knurrt Hagen.

»Jennifer hat ihren Regenschirm verloren«, ergänzt Flamingo grinsend.

»Jennifer?« Flamingo tippt erklärend auf die Brünette auf Seite eins, die ihre beiden nackten Brüste der Kamera entgegenreckt. »Steht hier: Jennifer ist traurig. Am Bahnhof hat sie ihren Schirm stehen lassen. Und nicht nur den. Ihr ganzes Gepäck ist futsch, und nun hat Jennifer nichts anzuziehen, wenn ihr Shirt in der Wäsche ist. Was soll sie nur machen, wenn der Sommer zu Ende geht?«

Hübi schluckt den Rest seines Jägermeisters.

»Ich wüsst schon wat«, brummt Hagen.

»Könnte zu mir ins Gästezimmer«, kichert Leyendecker. »Da würd ich auch die Heizung anmachen. Trotz Ölpreis.«

»Un deine Sophie?« Hübi rollt eine Lakritzschnecke ab und kaut gemächlich an dem schwarzen Strang herum.

»Sophie? Geht mir auf'n Sack. Mach ich nicht mehr lange

mit.« Leyendecker haut die Zähne in sein Schnitzelbrötchen. Als er sagt: »Irgendwann raste ich aus. Dann seh ich rot. Zack, beim Putzen aussem Fenster gefallen ...« sprüht er Krümel über den Tisch.

Flamingo grinst, hält die Hand über seinen Kaffeebecher und sagt: »Un kassierst noch die Versicherung.«

»Wusstet ihr, dass das mit der Titanic auch ein Versicherungsbetrug war?«, weiß Hagen ernst zu berichten. »War nämlich in Wirklichkeit das Schwesterschiff, die Olympic, die abgesoffen ist.« Hagen ist der ungekrönte Meister der Verschwörungstheorien und der Hüter nicht zu beziffernder Schätze an unnützem Wissen.

»Echt?« Leyendecker ist immer sehr beeindruckt von Hagens gesammelten Weisheiten.

»Is die Lebensversicherung denn hoch?«, hakt Flamingo nach.

Leyendecker guckt säuerlich. »Seit vierzehn Jahren beitragsfrei, wegen der Eigentumswohnung.« Hübi rümpft die Nase. »Aus dem Fenster schubsen is auch doof. Verschwinden lassen is besser.«

»Zaubertrick?«, mischt sich Gürcan von der Verkaufstheke her ein. »Deutscher Zaubertrick für Frau weg? Muss du mir zeigen, Hübi!«

»Was wär denn damit: Von Außerirdischen entführt! Hört man doch immer wieder.« Flamingo hüpft amüsiert auf einem Bein.

Hagen runzelt die Stirn. »Wusstet ihr, dass in einem Hangar auf einer amerikanischen Air Force Base ein Außerirdischer lebt?«

»Echt?« Leyendecker staunt wieder.

»Außerirdische ... Quatsch!« Gürcan lacht heiser, und

Hagen fuchtelt mit dem Finger durch die Luft. »Wusstest du, dass es in Istanbul eine Zeichnung aus dem zehnten Jahrhundert gibt, die die Erde vom All aus zeigt, mein Freund?«

»Echt?« Leyendecker sammelt die Brötchenkrümel vom Tisch und lutscht sie sich vom Finger.

Oma Kirschfink kommt rein. Sie ist über neunzig und kauft ihr tägliches Piccolöchen, dann noch ein Paket Toastbrot und die Fernsehzeitung von nächster Woche. »Un, Jungens? Wie isset?« Sie rufen beinahe im Chor: »Et muss.«

»Mensch, Oma Kirschfink«, turtelt Gürcan, während er ihre Sachen in eine Plastiktüte packt. »Du siehst heut fast aus wie zwanzig!'«

»Mach keine Verzäll. Du wills mich nur in deinen Harem holen.«

Beim Hinauswackeln zwinkert sie den Männern zu. »Macht keinen Blödsinn, Jungens.«

Hagen setzt eine wichtige Miene auf, faltet bedächtig die Bildzeitung zusammen und schlürft an seinem Kaffee. Er ist jetzt voll bei der Sache. »Also aus dem Fenster schubsen is wirklich Quatsch. Viel zu viel Theater. Erst mal still machen. Hammer oder so. Nicht lange leiden lassen. Würd ich jedenfalls so machen.«

Flamingo hat mal Metzger gelernt. »Kleinhacken. Oder zersägen.«

Leyendecker guckt angewidert. »Sophie, ne, also, dat könnt ich net ...«

»Musste nen Schnaps trinken. Und dir Parfüm unter die Nase reiben. Am besten dat von Sophie. Dat kenn ich, dat is stark.«

Hagen räuspert sich. »Wusstet ihr, dass wir immer nur durch ein Nasenloch atmen? Etwa alle 15 Minuten kommt dann automatisch das andere dran.«

»Trotzdem ...« Leyendecker ist nicht überzeugt. »Außerdem will ich die Sophie ja gar nicht...«

Aber die Jungs sind jetzt in Fahrt.

»Un dann? Einfrieren?«, fährt Hübi fort. »Passt dat alles in ne Truhe?«

»Zuhaus haben wir beispielsweise nur ein kleines Eisfach«, weiß Leyendecker zu berichten.

»Nicht einfrieren«, brummt Hagen. »Steht dauernd in der Zeitung, dat sowat gefunden wird.« Er tippt auf die Bildzeitung. »Dat Zeug muss verschwinden.«

»Un wie?« Flamingo schiebt ratlos die Unterlippe vor.

»Erst mal kochen«, fährt Hagen fort. »Großer Pott, langsam köcheln.«

»Un dann essen, oder wie? Wie die Kannibalen?« Hübi tippt sich an die Stirn.

Flamingo feixt: »Dem Gürcan als Schnitzelbrötchen verkaufen.«

Leyendecker hustet heftig.

»He, Mann, meine Schnitzel sin prima!« Gürcan droht mit der Faust.

»An die Hühner verfüttern«, schlägt Hübi vor.

Hagens Finger richtet sich steil auf. »Wusstet ihr, dass es auf der Welt mehr Hühner gibt als Menschen?«

»Aber nit hier in Köln«, sagt Hübi nachdenklich.

Hagen schlägt auf den Tisch, um die anderen zur Konzentration zu bewegen. »Also kochen!« Sie nicken. »Und zwar stundenlang. Auf kleiner Flamme. Bis dat Fleisch vom Knochen fällt.«

Sie nicken erneut. Hagen ist unglaublich klug. Er hat als Hausmeister in der Uni gearbeitet. Klar, dass da was hängen bleibt.

»Schön sämig. Fast wie Püree. Und dann in Einmachgläser.« Sie folgen den illustrierenden Bewegungen seiner Hände. »Umdrehen, wegen dem Vakuum. Fünf Minuten so stehen lassen, und dann wieder richtig rum.«

Hübi kaut aufgeregt seine zweite Lakritzschnecke, und Flamingo schlürft geräuschvoll den letzten Schluck aus seinem Kaffeebecher.

In diesem Moment klopft Polizist Heppekausen gegen die Schaufensterscheibe und winkt ihnen gut gelaunt zu. Sie fahren erschrocken zusammen und winken zaghaft zurück. Als der Uniformierte weitergeschlendert ist, nimmt Hagen den Faden wieder auf. Längst sind sie zu einem Häufchen Verschwörer geworden.

»So, ganz ruhig, Jungens. Jetzt mal weitergedacht. Die Gläser halten sich lange. Die kann man jeden Tag zu fünf, sechs, sieben Stück aus der Wohnung raus tragen.«

»Wieviel Gläser sind dat denn so schätzungsweise?«, will Leyendecker wissen.

Hagen zieht die Stirn kraus. »Du fragst Sachen. Ich weiß nur, dat ein Mann von 68 Kilo etwa 40 Kannibalen für eine Mahlzeit reicht.«

Allgemein anerkennendes Nicken. Hagen fährt fort. »Also jeden Tag fünf, sechs, sieben, meinetwegen auch zehn Gläser raus aus der Wohnung ...«

»In den Zoo«, jubelt Flamingo. »Mit der 15 bis zum Ebertplatz, und dann mit der 18 zum Zoo. Und da freut sich dann der Tiger ...«

Hagen ist in dem Zusammenhang was eingefallen: »Wusstet ihr eigentlich, dass die erste Bombe von den Alliierten, die im 2. Weltkrieg über Berlin abgeworfen worden ist, den einzigen Elefanten im Zoo getötet hat?«

Das weiß natürlich keiner. Hagen fährt fort. Den Zoo verwirft er kommentarlos.

»Abends auf die Rheinbrücke. Platsch. Konservengläser eins nach dem anderen rein. Jeden Abend 'ne andere Brücke. Fällt keinem auf.«

»Und die Knochen?« Hübi zweifelt an dem Plan.

»Kleinsägen, schön kleine Stückchen, dann in einen Putzlappen wickeln, mit dem Hammer fein zerstoßen, und jeden Tag an der U-Bahn-Baustelle einfach in den Kies streuen. Fällt keinem auf.«

»Hört sich nach ziemlich viel Rennerei an«, meint Flamingo und spielt mit dem Griff seiner Krücke.

»Geht aber nicht anders«, sagt Hagen kategorisch.

»Aber dat die weg ist, fällt doch auf!«, meint Flamingo. »Müsste die nicht verreisen oder sowat?«

Hagen nickt wie ein geduldiger Beichtvater. »Verreisen. Gaaaanz genau. Mit der Bahn.«

»Wohin?«, will Leyendecker wissen.

»Egal.« Hagens Augen werden zu Schlitzen, weil er seinen Plan besonders ausgefuchst findet. »Ein Ticket kann man im Internet ordern. Total anonym. Geld wird vom Konto überwiesen. Da kann man als Ehemann janz locker behaupten, da hätte man nix von jewusst.«

»Sophie zeigt mir nie die Kontoauszüge«, murmelt Leyendecker kleinlaut.

»Siehste. Sie verreist also.«

»Wohin?«, will Hübi wissen.

»Egal. Irgendwas, wo sie immer schon hin wollte.«

»Sophie wollte immer in die Domrep.«

Alle gucken Leyendecker verärgert an.

»Irgendwas, wo man mit der Bahn hin kann«, fährt Hagen fort.

»Und dann verschwindet ein Sack Klamotten in der Alt-kleidersammlung und Schuhe und Kosmetikkram wandern in den Mülleimer, kurz bevor geleert wird.« Hagen breitet die Hände aus, wie ein Zauberkünstler, der beweisen will, dass er nichts darin versteckt hält.

»Muss man denn dann nicht irgendwann die Polizei ...« Flamingo kratzt sich mit dem Griff seiner Krücke am Rücken.

»Klar«, nickt Hagen. »Da sprichst du Heppekausen bei sei-ner Runde an und sagst, dat die Sophie weg ist, und dass du gar nicht weißt, wat de machen sollst. Aber vorher .. .« Und an dieser Stelle wird seine Stimme laut und bedeutungsschwan-ger, »vorher trinkste hier schnell noch einen mit uns.«

Alle brechen in ein schallendes Gelächter aus. Sie klopfen sich gegenseitig auf die Schultern und wischen sich die Trä-nen aus den Augenwinkeln. Und einige Augenblicke später sind sie plötzlich sehr still und starren vor sich auf die Tisch-platte und auf Jennifer, die ihren Schirm verloren hat. Ihre wilden Fantasien sind ihnen plötzlich sehr peinlich.

»Jungejunge, wat fürn Thema.« Leyendecker findet als erster die Sprache wieder und guckt auf die Uhr. »Ich bin dann mal wieder weg. Muss für Sophie noch wat aus der Reinigung abholen. Also, bis morgen, Jungens.«

Auch Flamingo seufzt. »Bin dann auch durch die Tür. Rita un ich fahren gleich ein neues Kätzchen holen. Sieben Wochen alt.«

»Habt ihr schon gewusst, dass eine Katze 32 Muskeln im Ohr hat?«, fragt Hagen, während er Kleingeld aus der Tasche kramt, um bei Gürcan zu bezahlen.

»Tschö, Hübi«, ruft Flamingo und humpelt zur Türe hinaus. »Mach et jut!«

Hübi lässt sich von Gürcan noch einen Jägermeister für den Weg geben und legt einen Zwanzig-Euro-Schein hin.

Hagen murmelt: »In einem Jahr wird mehr Monopoly-Geld gedruckt als echtes Geld, wusstest du das?«

Hübi schüttelt den Kopf. »Nein, das hab ich nicht gewusst. Mann, Hagen, du kannst einem soviel beibringen. Das denk ich jedes Mal, wenn ich hier bin.« Er klopft seinem Kumpel auf die Schulter und winkt beim Hinausgehen.

»Tschüss, danke, tschüss!«, ruft Gürcan ihm hinterher.

Hübi trinkt den Jägermeister in einem Zug aus. Der kleine Ausflug hat ihm gut getan. Jetzt ist sein Kopf wieder frei. Zwei Hauseingänge weiter kramt er die Schlüssel aus der Hosentasche und öffnet die Haustür. Normalerweise klingelt er immer, aber heute kann ihm seine Frau die Tür nicht öffnen. Während er die Treppen zum fünften Stock hinaufsteigt, überlegt er, welches Parfüm er nehmen wird, und wo er die vielen Einmachgläser herkriegen soll. Er grübelt auch darüber nach, bei welcher Rheinbrücke er anfangen soll, aber das ist bei diesem klugen Plan ja eher unwichtig.

Onkel Jupp

Onkel Jupp lag in seinem Bett. Die Hände, auf denen die Adern prall wie dicke blaue Würmer hervortraten, kamen nur selten auf der altweißen Oberfläche des Plumeaus zur Ruhe. Seine Nase war schon ganz spitz geworden. Spitz und scharf. Ich glaube, er hatte kein Gramm Fett mehr an seinem ausgemergelten, alten Körper.

Früher war Onkel Jupp ein kräftiger, zäher Bursche gewesen. Er hatte mich stundenlang auf den Schultern Huckepack durch den nahen Wald getragen, ohne dass ihm das etwas ausgemacht hätte. Er hatte mir gezeigt, wie man Flöten schnitzt und wie man mit dem Luftgewehr schießt. Über dem benachbarten Friedhof des Dorfes hatten wir die Krähen aus der Luft geschossen. Und er sorgte dafür, dass ich kein schlechtes Gewissen hatte, denn die Krähen, so hatte er mir erklärt, die Krähen stählen den Bauern das Saatgut.

Onkel Jupp hatte Bäume gefällt und beim Reifenwechsel das Auto hochgehoben, anstatt den Wagenheber zu benutzen.

Mein Vater war früh gestorben, und Onkel Jupp hatte seine Aufgabe übernommen, mich in die Dinge des Lebens einzuweihen.

Als ich erwachsen wurde, starb meine Mutter, und nicht viel später Tante Erika.

Onkel Jupp blieb übrig. Und sein Haus.

Und jetzt lag er da und nahm Abschied von mir.

»Ich vermache dir das Haus«, krächzte er und fuhr mit dem Finger durch die Luft. Das Licht, das durch das kleine Sprossenfensterchen hereinfiel, ließ die bleiche Haut aufleuchten.

Ich liebte dieses Haus. Von Kindesbeinen an.

Jede freie Minute hatte ich genutzt, um aus der Stadt hierher zu kommen. Ein altes, schmuckloses Eifeler Landhaus, mit rissigem Putz, beinahe gänzlich zugewuchert von üppigen Holunderbüschen und wildem Wein.

Hier würde ich schreiben können, ohne dass der Lärm der Stadt mich störte. Das hatte ich mir immer erträumt. Jedes Mal, wenn ich am Wochenende hierher gefahren war. Jedes Mal, wenn ich im Garten im Schatten des alten Walnussbaums gesessen und Onkel Jupp bei seiner Arbeit auf dem Friedhof zugesehen hatte.

In den letzten Jahren hatte ich ihn und das Haus vernachlässigt.

Sollte mein Traum nun wahr werden?

Onkel Jupp nickte, als hätte er meine Gedanken gelesen, und in seinen verkrusteten Mundwinkeln zuckte ein Lächeln.

Er zeigte auf die Schublade seines Nachttischs.

»Schriftlich, mein Kleiner, schriftlich.«

Zuerst zögerte ich. Der Anstand verlangte schließlich von mir, dass ich mich zierte. Und nicht nur der Anstand. Ich wollte weder das Haus verlieren noch Onkel Jupp.

Ich hatte ihn immer geliebt wie meinen Vater.

Dann aber klopfte er ungeduldig mit seinem Knöchel gegen die Lade. »Mach schon! Ich bin nicht mehr lange hier.«

Ein Vogel flatterte vor dem fast blinden Fenster, als ich die Schublade aufzog. Sein Schatten tanzte durch das Zimmer.

Ich sah es gleich: Es gab einen Briefkopf, der alles erklärte. Das Schriftstück eines Notars. Ich las, zwischen zwei Leerzeilen eingefügt, meinen Namen. Ich erkannte Onkel Jupps schwache, dennoch lesbare Signatur.

»Dein Haus«, flüsterte er.

Ich spürte, wie mir die Tränen der Rührung in die Augen traten.

»Onkel Jupp ...«, flüsterte ich.

Er kicherte leise und legte mir die Hand auf die Schulter. Sie zitterte fortwährend.

Gerade als ich die Schublade wieder schließen wollte, sah ich den weißen Plastikbecher. Ein viereckiges kleines Ding im hinteren Teil der Lade. Was darin lag, war auf den ersten Blick kaum zu erkennen. Verschrumpelt sah es aus, braun und knochig. Wie aus Leder. Ich erkannte einen Fingernagel mit weißem Rand. Ich erkannte einen Finger. Dem äußeren Anschein nach war er mumifiziert.

Ich blickte rasch zu Onkel Jupp. Der hatte die Augen geschlossen, lächelte in sich hinein und murmelte: »Dein Haus.«

Eilig schloss ich die Lade wieder. Holz schrubbte an Holz. Das einzige Geräusch in der staubigen Stille.

Seine Hände waren unversehrt. Ich zählte zehn Finger. Zehn sehnige Finger, nicht viel mehr als Haut über ein Knochengestell gespannt.

Die Rechte flatterte durch die Luft, wie vorhin der Vogel.

»Alles deins!«

Der Friedhof, natürlich! Hinter dem schmutzigen Glas der Scheibe erahnte ich Kreuze. Der Friedhof ... Onkel Jupps Arbeit an den Gräbern ... Alte Menschen werden bisweilen seltsam.

Mit einem Mal wurde mein Mund trocken.

Der zu dem Finger gehörige Körper war vermutlich längst vermodert. Wie seltsam, dass Onkel Jupp ein solches Ding im Nachttisch aufbewahrte.

Trotz der Kühle der Schlafkammer wurde mir heiß. Die Zunge klebte an meinem Gaumen.

»Ich will mir nur ein Glas Wasser holen«, stammelte ich. »Nur eine Minute.« Fast hätte ich hinzugefügt: »Stirb jetzt nicht.«

Seine Vogelhand spreizte die Finger. »Geh nur. Ich warte.«

In der Küche kramte ich ein Glas aus dem Schrank. Der wunderbare alte Küchenschrank. Früher hatte immer eine Tafel Schokolade für mich darin gelegen. Eine mit Nüssen. Ich ließ am Waschbecken kühles Wasser ins Glas laufen. Das alte weiße Waschbecken mit den Rissen ... der alte verchromte Wasserhahn ... das einfache Leben, nach dem ich mich so sehnte.

Ich hatte gerade einen Schluck getrunken, als mein Blick in den offen stehenden Geschirrschrank fiel.

Ein Einmachglas hinter den Wassergläsern und Tassen.

Einmachgläser hatten früher in Reih und Glied in Tante Erikas Vorratskammer gestanden. Früchte in Sirup, blass und ihrer reifen Farbe beraubt.

Tante Erikas Einmachgläser waren längst Vergangenheit. Dies hier war etwas anderes.

Mit zitternden Fingern schob ich das Porzellan und das Glas beiseite. Ein Einmachglas, tatsächlich. Darin schwamm, gänzlich anders als das, was ich vorhin entdeckt hatte, ein weiterer Finger. Dick, aufgequollen, mit kurz geschnittenem Fingernagel. Die Stelle, an der er an der Hand gesessen hatte, ausgefranst, mit milchweißen Hautfetzen dran.

Ich musste husten. Etwas zog meine Nerven zusammen und verknotete sie straff zu einem Knäuel, das irgendwo im Zentrum meines Körpers saß. Meine Finger wurden taub. Das Glas polterte auf den Küchentisch.

Mein Blick wanderte zu dem Türspalt, hinter dem Onkel Jupp im Sterben lag.

Was hatte er getan?

Warum nur?

Ich zog das Einmachglas langsam nach vorne. Es machte ein schabendes Geräusch auf dem Boden des Schranks. Die Flüssigkeit schwappte träge darin herum, der Finger drehte sich wie in Zeitlupe um die eigene Achse.

Und dann sah ich auch die anderen beiden. Sie standen hinter den gestapelten Tellern mit dem zierlichen Goldrand.

Die Finger waren von so unterschiedlicher Art, wie ihre Besitzer unterschiedlicher Statur gewesen sein mochten. Ein langer, schlanker Finger mit langem Fingernagel. Ein Frauenfinger. Mit etwas Phantasie konnte man die Spuren roten Nagellacks am Rand des Nagelbetts erkennen.

Der andere war ein kurzer, knotiger Finger mit geschwollenen Gelenken ...

Mir wurde übel.

Vor meinem geistigen Auge sah ich Onkel Jupp, wie er sich in der Nacht vor der Beerdigung in die Leichenhalle schlich und sich mit einem Messer daran machte, sich ein abscheuliches Andenken an den Toten zu verschaffen, den er am nächsten Tag in der Erde zu versenken gedachte.

Onkel Jupp hatte schon so viele Menschen begraben. Seit den achtziger Jahren hatte er die Bestattungen des Dorfes vorgenommen. Mit einem kleinen Bagger hob er die Gruben aus und half mit, die Särge hinabzulassen. Er hatte mir als Kind mit Vorliebe unglaubliche Schauergeschichten erzählt von rollenden Köpfen und klopfenden Toten.

Was war an denen Besonderes gewesen, die jetzt von ihm neunfingrig zur ewigen Ruhe gebettet lagen?

Ein Gedanke durchzuckte mich und sträubte mir die Nackenhaare: Oder hatte er es am Ende bei allen gemacht? War dies etwa nur die Spitze des Eisbergs?

Warum war ich noch nie darauf gestoßen?

Panisch begann ich, die restlichen Möbel zu durchsuchen.

Unter der Spüle fand ich schließlich einen Quarkbecher. Er war randvoll mit Salz gefüllt, und durch die schmutzigweißen Körner erkannte ich matt einen weiteren Finger. Er trocknete sie, mumifizierte sie, legte sie in Spiritus oder was auch immer! Warum?

Im schäbigen Alibertschränkchen im Badezimmer fand ich einen letzten Finger, dem Onkel Jupp mit Hilfe von Salz jegliche Flüssigkeit entzogen hatte.

Dann fand ich nichts mehr.

Sechs Finger.

Sechs Tote?

Ein Geräusch riss mich aus meinen Grübeleien. Aus dem Schlafzimmer ertönte Onkel Jupps trockenes Husten. Es klang alarmierend. Es klang wie das Ende.

Als ich zu ihm ins Zimmer stürzte, vergaß ich völlig, dass ich noch den weißen Plastikbecher in der Hand hielt. Onkel Jupp, der sich langsam wieder beruhigte, und dessen Husten in ein erbärmliches Röcheln überging, sah auf meine zittrigen Hände. Er schlug die Augen nieder wie ein ertapptes kleines Kind.

»Das solltest du nicht finden«, murmelte er mit dünner Stimme. »Ich habe es nicht mehr geschafft, sie verschwinden zu lassen.«

»Wer ist das, Onkel Jupp? Vielmehr, wer war das? Wer?«

»Du kennst sie nicht.«

»Liegen sie in den Särgen nebenan?«

Er schwieg. Sein Atem ging rasselnd und stoßweise.

»Bitte, Onkel Jupp. Du kannst dich nicht davonmachen und mich so im Unklaren lassen.«

»Dein Haus, mein Junge, dein Haus .. .« Seine Augen verengten sich zu winzigen Schlitzen in einem Meer von Falten.

»Onkel Jupp, bitte! Liegen sie auf dem Friedhof?«

»Ja«, kam es dünn aus dem Strich, der einmal ein laut lachender Mund gewesen war. »Ja, aber ...«

»Aber?«

»Aber nicht in den Särgen drin.«

»Sondern?«

Es dauerte eine Ewigkeit, bevor er flüsterte: »Unter ihnen drunter.«

»Unter ihnen drunter?«

»Sie liegen unter den Särgen. Unter den Särgen der anderen. Es war nicht immer angenehm, sie so lange zu verbergen, bis wieder eine Beerdigung anstand. Aber wenn es erst einmal soweit war, war es ein Kinderspiel.« Er blickte mich an. Seine wässrigen Augen verrieten eine abgrundtiefe Trauer.

»Sie wollten dein Haus.«

Wir schwiegen lange. Seine zitternden Hände waren das einzige, was sich bewegte, während sich langsam das Tageslicht aus dem Zimmer stahl.

Als sich eine Ewigkeit später ein gnädiger Schatten über sein Gesicht legte, fand er schließlich den Mut, zu sprechen.

»Sie haben es alle versucht. So viele sind gekommen.«

Zwischen seinen Sätzen machte er lange Pausen, um Kraft zu sammeln für die jeweils nächste Ungeheuerlichkeit, die er mir unterbreiten würde.

»Ein Mann aus der Stadt und seine Frau ... sie fanden das Haus so schön. Der Preis, den sie mir boten, war obszön hoch. Beinahe hätte ich eingeschlagen.«

Rasselnder Atem.

»Einer von der Bank, einer vom Finanzamt. Mit dem Verkauf wäre ich meine Sorgen los gewesen.« An meiner Hand krümmte ich einen Finger für einen jeden von ihnen.

Vier.

»Einer von einem Inkassounternehmen.«

Fünf.

»Einer, der ...« Er röchelte, und der Rest war kaum noch zu hören. "Einer, der seinen Bruder suchte, der mit seiner Frau wie vom Erdboden verschwunden war.«

Das Geständnis hatte ihm die letzten spärlichen Kräfte abgerungen. »Es ist dein Haus«, flüsterte er. »Dein Haus, mein Junge.«

Ich nahm seine Hand und spürte, wie ihn das Leben verließ.

Onkel Jupp liegt jetzt auch auf dem Friedhof. Gleich neben seiner Frau Erika und unweit vom Grab meiner Eltern. Ich kann seinen Grabstein sehen, wenn ich im Sommer unter dem alten Walnussbaum sitze und schreibe. Onkel Jupps Schulden habe ich beglichen. Mit dem Verkauf der Stadtwohnung war das ein Kinderspiel.

Das Schreiben geht hier in der Eifel wie von selbst. Seit ich der Stadt entflohen bin, weht es wie ein frischer Wind durch mein Gehirn.

Ich bin zuhause angekommen, und hier wird mich niemals wieder jemand fortkriegen.

Im Juni kam jemand, der mir seinen ehrgeizigen Plan unterbreitete, den nahen Golfplatz zu erweitern. Das Haus sei doch ohnehin baufällig. Der Mann sah aus wie jemand, der seine Pläne durchzusetzen wusste. Mit allen Mitteln.

Er war fünfzig und hatte ein gepflegtes Äußeres, aber schlecht manikürte Finger.

Einen von ihnen betrachte ich jeden Abend.

Ein außergewöhnlicher Jahrgang

Ihre Hände waren knotig, und ihre Rücken waren gebeugt. Vom Rütteln der Champagnerflaschen hatten sich ihre Finger im Laufe eines halben Jahrhunderts zu regelrechten Haken gekrümmt, das Verdrahten der Korken hatte die Haut in derbes Leder verwandelt, und ihre Körper waren vom Bücken in den Kellern schief und krüppelig geraten. Philippe und Michel sahen aus wie zwei alte Chardonnay-Rebstöcke. Zahnlos pflegten sie, wenn man sie auf ihr Alter ansprach, zu strahlen und behaupteten: »Wir sind vieilles vignes. Nicht mehr so ertragreich, aber dafür ganz besonders gut!« Dabei bäumten sich ihre buschigen Augenbrauen auf wie tanzende Eichkater.

Beinahe täglich konnte man sie sehen, wie sie am westlichen Ortsrand von Verzy die Straße bergan wackelten. Man musste früh aufstehen, um ihnen zu begegnen. Philippe und Michel liebten die scharfe, anregende Luft, das Licht der ersten Sonnenstrahlen, die besonders neugierig und forsch die weißen Kreidenarben zwischen den gewundenen Süntelbuchen des nahen Waldes aufblitzen ließen. Ihr Weg führte sie zu der Stelle am Waldrand, an der die Straße begann, sich bis nach Louvois im Süden zwischen den Bäumen der Montagne durchzufressen. Hier stand das Haus von Danièle.

Das schmutzigweiße Haus mit den schmutziggrünen Schlagläden war seit Jahrhunderten im Besitz der Delormes. Philippe und Michel hatten schon bei Danièles Eltern, bei Ginette und Lucien, gearbeitet, als sie noch junge Burschen gewesen waren. Sie hatten im Krieg mitgeholfen, die billigen Flaschen im Teppichstaub zu wälzen, bis sie alt aussahen, damit der deutschen Wehrmacht nicht der kostbare Champagner in die Hände fiel, während die wahren Schätze in den Stollen im Kreidefelsen versteckt blieben.

Und sie hatten beide um Danièle gebuhlt. Danièle mit ihrem kastanienbraunen Haar, mit ihrem Näschen, so spitz wie eine Kiebitzfeder, mit ihrer vollen, fast trotzig anmutenden Unterlippe, Danièle, die schönste Frau zwischen Reims und der Grande Montagne. Immer wieder hatten sie sich gegenseitig die Nasen blutig geschlagen, um einander auszustechen, aber Patrice war ihnen schließlich zuvorgekommen. Der rundliche Patrice, dessen grenzenloses Glück allerdings nur zwei Jahre gewährt hatte, bevor irgendetwas begonnen hatte, ihn von innen heraus zu zerfressen. Etwas Böses, das ihn abmagern ließ und ihn zwang, jeden Bissen, den er zu sich nahm, jeden Schluck, ja, selbst seine geliebten Andouillettes wieder auszuspeien. Nichts hatte er am Ende seiner Tage mehr bei sich behalten können. Und der Sarg, der im Januar, einen Tag nach dem Fest des Heiligen Vinzenz, im Schatten von Saint-Jean-Baptiste in die hart gefrorene Erde gelassen wurde, hatte nicht viel mehr als Knochen, Haut und einen schwarzen Anzug enthalten.

Danièle hatte kein zweites Mal geheiratet. Und Philippe und Michel waren seit jener Zeit immer in ihrer Nähe geblieben. Sie verrichteten ihre Arbeit auf dem Weingut voller Leidenschaft für die sauren Trauben und das köstliche Elixier, das aus ihnen gemacht wurde. Aber die unentwegte Liebe zu Danièle war das, was sie in Wirklichkeit beflügelte. Ihre Nähe, ihr Duft, ihr Lachen.

Seit vielen Jahren waren die Rebstöcke nun schon verkauft. Danièle hatte die Lust an der Kellerei verloren. Der Anbau war für einen stattlichen Preis an Gustave aus Mailly gegangen, das Haus aber hatte Danièle behalten. Seither kratzte das Wetter über sein Dach, und Wind und Regen bürsteten mit gelassener Beharrlichkeit die Farbe von seiner Fassade. Auch wenn Danièle, wie ihr Haus, wie Philippe und Michel, älter und älter wurde, war sie es doch, die das Leben weiter durch die Adern des Château Delorme pulsieren ließ.

Selbst wenn die anderen im Ort die beiden Alten aufzogen, weil sie Tag für Tag zu dem alten Haus pilgerten, auch wenn sie Danièle insgeheim eine couleuse nannten, eine Champagnerflasche, aus der die Kohlensäure entwichen war, so trafen sie sich doch jeden Morgen, bei Wind und Wetter, am Musikpavillon. Zumeist war Michel derjenige, der ein paar Minuten früher am Treffpunkt erschien, eine filterlose Zigarette rauchte und mit seinem rasselnden Husten die ersten Anwohner aus dem Schlaf riss. Dann tauchte wenig später Philippe auf, die Baskenmütze unablässig zwischen den schwieligen Fingern wendend, sie knetend und knautschend und ausbeulend, so, als müsse sie eine ganz bestimmte Form haben, um sein schütteres Haar zu bedecken. Und erst wenn er sie fest auf seinen Schädel gepresst hatte, wackelten sie einträchtig nebeneinander zum Château am Waldrand hin.

Dort kochten sie Kaffee und deckten den Tisch. Im späten Winter rupften sie Krokusse aus dem Gras, im Frühling knickten sie Kirschzweige ab, im Sommer schnitten sie Margeriten und Schafgarbe, und im Herbst pflückten sie Astern. An jedem Morgen, an dem Danièle in ihrem lavendelfarbenen Morgenmantel im Salon erschien, den Duft des Schlafes im weißen Haar, leuchtete ein Blümchen auf ihrem Frühstückstisch.

Jedes Jahr nach dem Harmoniefest im Mai aber wurden die beiden Alten von einer ganz besonderen Aufregung gepackt.

Von jetzt an war es nämlich nur noch eine knappe Woche bis zu Danièles Geburtstag.

Dieser Tag war im Jahre des Todes ihres unglücklichen Gatten zu etwas ganz Besonderem geworden. Danièle hatte sich in jenem Frühjahr feierlich geschworen, das Leben fortan für ihren toten Patrice mit zu genießen. Mit einem mutwilligen Glanz im Blick hatte sie Philippe und Michel erklärt, sie werde zum Zeichen ihres unbändigen Lebenswillens ein Bad in dem kostbarsten Champagner nehmen, den sie in ihrem Keller auf Lager habe.

Philippe war damals der Erste gewesen, der ihr hatte helfen dürfen, die klauenfüßige Emailwanne im Badezimmer im ersten Stock mit dem Inhalt zahlreicher Flaschen Premier Cru zu füllen. Und dann hatte sie ihm mit einem Blick tief in die Seele geschaut und begonnen, sich auszuziehen. Und als er immer noch stocksteif da gestanden hatte und nicht imstande gewesen war, sich zu rühren, da hatte sie begonnen, seine Hemdknöpfe zu öffnen, und ihm erklärt, dies sei so etwas wie die Grappillage, jene freundliche, alte Tradition, derzufolge jene Reben, welche Wochen nach der Ernte auf den Rebstöcken verbleiben, der Öffentlichkeit geschenkt werden. Der vorzügliche Lagerschaumwein, der sich von seinen zehn Grad Kälte kaum der Wärme des Maitages angenähert hatte, ließ Danièle vor Vergnügen und Lebenslust aufkreischen und bescherte Philippe nie gekannte Wonne.

Michel, der während des ganzen Abends missmutig vor dem Haus gesessen, eine Zigarette nach der anderen geraucht und den lustvollen Geräuschen aus dem ersten Stock gelauscht hatte, verschlief am nächsten Morgen und schwor sich, von nun an nie wieder seinen Freund zum Haus der frivolen Witwe zu begleiten. Zwei Tage blieb er zu

Hause und verlor sich in der Betrachtung seiner Schweine, die in ihrem Koben gemütlich vor sich hin grunzten. Wenn ihn der Trübsinn im Griff hatte, half ihm oft die Gesellschaft der sorglosen rosigen Tiere, doch dieses Mal half sie ihm nicht.

Aber dann war Danièle im Dorf aufgetaucht. Sie hatte sich eines Morgens vor seine Haustür gestellt und die Fassade hinaufgerufen: »Aber mein lieber Michmich. Im nächsten Jahr habe ich doch schon wieder Geburtstag!«

Und im nächsten Jahr war er es gewesen, der die Flaschen in den ersten Stock hinaufgetragen und entkorkt hatte, der die Wanne gefüllt und wenig später Danièle im brausenden Nass geliebt hatte.

Seither waren viele Jahrzehnte vergangen, und Jahr für Jahr hatte sich die Zeremonie wiederholt. Wenn das Harmoniefest verklungen war, bereiteten sich Philippe und Michel vor, und niemals waren sie enttäuscht worden.

Bis zu jenem Tag im vorigen Jahr.

Bis zu jenem Tag, an dem Pascal auf dem Hof erschien. Philippe erinnerte sich später daran, den jungen Mann schon auf dem Fest bemerkt zu haben, etwas abseits stehend, die Feiernden über den Rand seines Glases hinweg betrachtend. Philippe sagte, schon da sei ihm die Falschheit im Blick des jungen Fremden aufgefallen.

Pascal war plötzlich da. Er kam mit dem warmen Nachmittagswind, der den Duft des Kaffees vom Haus auf den kiesbedeckten Vorplatz wehte. Er sagte: »Ich suche Arbeit.« Und er blickte an der verwitterten Fassade des Châteaus hinauf. »Hier gibt es doch sicher Arbeit, oder?«

»Aaaach«, hatte Michel in seiner unnachahmlich langsamen Art gesagt. »Nicht so viel Arbeit, dass wir sie nicht bewältigen könnten.«

Und Philippe hatte mit Nachdruck genickt und mit dem Zipfel der vor ihm auf dem Tisch liegenden Baskenmütze gespielt. »So viel ist das nicht. Das schaffen wir spielend.«

In diesem Moment war Danièle erschienen. Sie trug ein Tablett mit einer alten fleckigen Aluminiumkanne und drei großen Kaffeeschalen vor sich her. Als sie Pascal sah, wie er sein Profil gegen die Nachmittagssonne wandte, begannen die irdenen Schalen vor ihrer Brust leise zu klimpern.

Und als Pascal sie dann anlächelte und mit gurrender Stimme fragte: »Gibt es hier nicht ein bisschen Arbeit für mich?«, zögerte sie einen Moment, setzte das Tablett ab, ließ den Blick einmal von seinem Gesicht an seinem schlanken Körper hinab bis zu seinen Füßen und wieder hinauf wandern, und murmelte schließlich: »Doch ... doch, doch.«

Pascal suchte eine Betätigung, die ihm Kost, Logis und ein wenig Bargeld einbrachte. Er kam aus Paris, das hörte man. Und er hatte ein bewegtes Leben hinter sich, das zeigte eine Narbe unter seinem linken Auge, die Danièle durchaus reizvoll fand, und die Tatsache, dass ihm an der linken Hand die Kuppe des Zeigefingers abhanden gekommen war.

Er erklärte gleich zu Beginn, dass er keinerlei Papiere vorweisen und unmöglich einen Lohn quittieren könne. Danièle erklärte eilfertig, dass er sich deswegen keine Gedanken zu machen brauche, und übersah geflissentlich die besorgten Mienen ihrer beiden Freunde, die eine Ahnung hegten, warum dieser Kerl hier unterschlüpfen wollte.

Pascal zog mit einem Rucksack, in dem er seine wenigen Habseligkeiten transportierte, in das kleine Zimmer, in dem bis vor fünfzehn Jahren das alte Dienstmädchen Clothilde gewohnt hatte.

An diesem Abend zerfurchten tiefe Sorgenfalten die Stirn von Michel, als er seine Schweine betrachtete, und Philippe öffnete eine Flasche Marc, mit dem festen Vorsatz, sie innerhalb weniger Stunden zu leeren.

Am nächsten Morgen kam es ihnen zunächst so vor, als seien die Geschehnisse des Vortages ein Produkt ihrer Phantasie, aber als sie das Haus von Danièle erreicht hatten, fanden sie Pascal bereits mit einer Schale Kaffee am Frühstückstisch vor. Er zwinkerte ihnen unverschämt zu und sagte in anzüglichem Tonfall: »Sans année, meine Freunde, sans année. Sie ist wirklich ohne Jahrgang.«

Und über der Lehne des Stuhls neben dem seinen lag der lavendelfarbene Morgenmantel. Da wussten Philippe und Michel, dass sie sich Sorgen machen mussten.

Und als dann der Geburtstag von Danièle gekommen war, da erschienen Philippe und Michel gekämmt und verlegen, jeder mit einem Strauß Lilien bewaffnet, auf Danièles Schwelle.

Philippe wäre in diesem Jahr an der Reihe gewesen, die Wanne zu füllen und das erotische Zeremoniell zu begehen. Aber Danièle nahm nur mit einem unverbindlichen Lächeln die Blumen in Empfang und lehnte jede Hilfe kopfschüttelnd ab.

»Nein, nein, meine Freunde«, flötete sie. »Heute ist ein Feiertag. Da solltet ihr eure morschen Knochen schonen. Pascal ist schon dabei, alles herzurichten.« Im Hintergrund klirrten die Flaschen, und auf Danièles Wangen stahl sich eine ahnungsvolle Röte.

»Dieser Hund!«, knurrte Philippe. »Dieses Frettchen, dieser Bock, diese Ratte.«

»Ganz hübsche Tiernamen hast du für ihn. Aber das ändert nichts. Unsere Zeit ist vorbei, Philippe. Ich sage es dir. Aus und vorbei!« Michel schnippte seine Zigarette in den Kies und klopfte seinem Freund auf den krummen Rücken. Dann verabschiedeten sie sich, und Michel hörte noch, wie Philippe im Fortgehen murmelte: »Wir werden sehen. Wir werden sehen.«

Michel hatte sich in seinem langen Leben stets darum bemüht, nichts aufzuschieben. Und so machte er sich nach einer schlaflosen Nacht mit seinem Fahrrad und seinem kleinen Anhänger auf den Weg zum Château. Wenn es nun also zum Bruch ihrer Freundschaft mit Danièle kommen sollte, so ließ es sich wohl kaum aufhalten. Er bedauerte diese unverhoffte Wendung des Schicksals schmerzlichst, aber er radelte durch das Morgengrauen mit dem festen Vorsatz, seine persönlichen Gegenstände aus Schuppen und Keller zu holen. Die Dinge, die im Haus waren, wollte er bei späterer Gelegenheit an sich nehmen, wenn er sicher sein konnte, dass das skurrile Liebespaar die Geburtstagsnacht endgültig beendet hatte.

Er stutzte, als die Reifen seines Gefährts auf dem feinen Kies ausrollten. Ein vernehmliches Schnarchen mischte sich unter das aufgekratzte Gezwitscher der Vögel. Es hätte aus Danièles offenem Schlafzimmerfenster kommen können, das als schwarzes Rechteck über ihm in der Fassade zu sehen war. Doch es kam aus dem Schatten der alten Linde, und als Michel von seinem Rad stieg und sich vorsichtig der Quelle des sägenden Geräuschs näherte, entdeckte er seinen Kumpel Philippe, der grotesk verrenkt zwischen den Wurzeln des Baumes schlief, umgeben von drei leeren Marcflaschen.

»Du liebe Güte«, hauchte Michel. »Philippe, Alter, wolltest du dich aus lauter Kummer zu Tode saufen?« Er tätschelte die stoppelige Wange seines Freundes, aber der sackte nur mit einem grunzenden Röcheln zur Seite und schlief weiter. »Das ist sie doch nicht wert, die dumme Kuh.« Und er dachte an Pascal, diese Made, die sich in den Speck gesetzt hatte. Pascal, der hatte etwas verdient! Oh ja ... Wütend blickte Michel auf und stutzte erneut, denn zwischen dem Grün der noch nicht erblühten Pfingstrosen an Philippes Seite ragte etwas Helles, Leuchtendes hervor. Ein nackter Fuß! Schlief da etwa noch jemand seinen Rausch aus? Insgeheim beschlich Michel schon eine bange Ahnung, als er den Kopf reckte, um an Philippe vorbei seinen Fund zu betrachten. Dort lag der junge Pascal, nackt bis auf die Unterhose. Er schnarchte nicht und lag völlig reglos da. Pascal, das begriff Michel mit dem zitternden Griff an den schlanken Hals, war tot.

Philippe war nicht wach zu bekommen. Selbst mit einem Eimer Wasser, den Michel über ihm ausgoss, war er nicht zu wecken. Er lag beinahe genau an der Stelle, wo vor vielen, vielen Jahren Michel zum ersten Mal dem Liebesspiel Danièles und seines Freundes gelauscht hatte. Und gleich neben ihm lag der junge Mann, an dem er sich fürchterlich dafür gerächt hatte, dass in diesem Jahr er der Bademeister von Madame hatte sein dürfen.

Michel schaffte es im aufglimmenden Morgenlicht nur mit Mühe den fast nackten Leichnam auf seinen Anhänger zu laden. Bevor er für den heimlichen Transport eine Plane über ihn breitete, betrachtete er noch einmal die Leiche. Die Lippen, die vermutlich noch vor wenigen Stunden Danièles Körper liebkost hatten, waren blau angelaufen, und auf der Stirn prangte ein kreisrunder purpurroter Fleck, so als habe Philippe dem Nebenbuhler mit dem Schlag eines Schusterhammers die schöne Stirn zertrümmert.

Dann deckte er ihn zu, spannte ein Seil im Zickzack über die Ladung und bestieg sein Rad. Jetzt musste er nach den Schweinen sehen. Das würde ihn beruhigen.

Philippe saß noch immer an den Baumstamm gelehnt da. Er hatte einen furchtbaren Kater. Das Stöhnen, das sich seinem Brustkorb entrang, war herzzerreißend. Michel hatte in Danièles Küche einen Kaffee gebraut, der so schwarz und stark war, dass man damit die Eichenfässer hätte imprägnieren können. Langsam flößte er seinem Freund etwas von der heißen, dunklen Flüssigkeit ein und stützte dabei Philippes Kopf beinahe zärtlich mit der Linken. Über ihnen war die Sonne aufgegangen. Sie schickte ihre blinzelnden Strahlen durch das Blätterdach, unter dem die beiden Alten kauerten.

»Die Schweine haben es erledigt«, flüsterte Michel mit fürsorglichem Unterton. »Pascal ist für immer verschwunden.«

Philippes Augen weiteten sich. »Pascal?«

»Verschwunden, weg. Der geile Bock springt nicht mehr.«

Er erntete ein langsames Nicken. Dann tasteten Philippes zitternde Finger nach der Kaffeeschale. Er schlürfte. »Ich habe viel getrunken«, murmelte er. »Viel zu viel.«

»Das kann man so sagen.« Ächzend erhob sich Michel. »Wir werden nicht mehr darüber reden.«

Philippe schüttelte langsam den Kopf. »Ich ...«

»Kein Wort mehr. Vorbei und vergessen.«

Philippe deutete vage in die Höhe, in die Richtung des

Schlafzimmerfensters. »Und sie? Was ist mit ihr? Sie wird fragen.«

Michel zuckte mit den Schultern, steckte sich eine Zigarette an und blickte nach oben.

Über ihnen regte sich etwas hinter dem Fenster. Ein Geräusch war zu hören, und schemenhaft spiegelte die Scheibe das Aufschütteln des weißen Federbettes.

Wann war Danièle jemals so lange im Bett geblieben? Sie würden ihr beibringen müssen, dass der junge Mann, der sie um den Schlaf gebracht hatte, nichts anderes als ein verwegener Taugenichts gewesen war, den es schon im Morgengrauen wieder weitergetrieben hatte. Würde sie diese Enttäuschung verkraften? Würde jemals wieder alles so sein können, wie es war, bevor er sich bei ihr eingenistet hatte?

Michel warf Philippe ein Bündel zu. Darin befanden sich Pascals Kleidungsstücke, die in Küche und Wohnzimmer verstreut gelegen hatten. »Das muss verschwinden«, sagte er und blies den Zigarettenrauch aus. »Vielleicht im Ofen.«

Philippe nickte. »So was fressen die Schweine nicht, was?«

»Nein, so was nicht.«

Als Danièle über ihnen im Fenster erschien und sich genüsslich reckte, als die Maisonne ihr wirres Haar in gleißendes Silber verwandelte, ergriff die beiden Männer eine große Traurigkeit. Sie seufzten beinahe gleichzeitig.

Der Sommer kam und ging, der Herbst verstrich, der Winter zog über die Champagne, und das Jahr war beinahe so rasch vorüber wie ein Lidschlag. »Es geht immer schneller«, hatte Michel im Winter traurig gesagt. Sein rasselnder Husten wurde immer stärker, und Philippes Rücken krümmte sich immer mehr, sodass er aussah, als suche er fortwährend

86

angestrengt nach etwas auf dem Boden vor seinen Füßen.

Und wieder packte sie eine geheime Erregung, als es auf den Geburtstag ihrer Freundin zuging. Doch in diesem Frühling war ihre Unruhe ein wenig anderer Natur als in früheren Zeiten, denn Danièles Jahrestag und das Datum des Verschwindens des Fremden waren untrennbar miteinander verschmolzen. Und mehr als einmal glaubten Philippe und Michel, einen wehmütigen Zug im Gesicht ihrer Freundin erkannt zu haben. Sie hatten nie wieder über Pascal gesprochen. Seine Kleidung war von den Flammen gefressen worden, und die Erinnerung an ihn verblasste langsam. Einmal war ein Polizist auf dem Hof erschienen, der sich mit kaum verhohlenem Desinteresse und unter Zuhilfenahme einer recht unscharfen Photographie des Verschwundenen danach erkundigte, ob er unter Umständen früher einmal auf dem Château aufgetaucht sei. Michel und Philippe hatten das Photo ausführlich betrachtet und ihre Köpfe geschüttelt. Nein, so einer war hier noch nie vorbeigekommen.

Und nun war er wieder da, der Geburtstag, und schon im Morgengrauen lag etwas in der Luft, das man beinahe knistern hören konnte. Sie sprachen weniger und zitterten mehr als sonst. Als schließlich Danièle erschien und mit bebenden Nasenflügeln den Kaffeeduft einsog, umspielte ein mädchenhaftes Lächeln ihre Mundwinkel. »Es wird ein bezaubernd schöner Tag«, sagte sie und deutete auf den flammend roten Streifen am Horizont. »Ein Tag, an dem man zu alten Traditionen zurückkehren sollte.« Und über den Rand ihrer Kaffeeschale hinweg sah sie Philippe mit katzenhaftem Blick an. »Es ist dein Tag, mein lieber Philippe. Der Tag, um den du im vorigen Jahr betrogen wurdest.«

Ihre Worte hatten die magische Wirkung einer Zauberformel. Von einem Moment auf den anderen wich die Spannung, die in den letzten Tagen zwischen ihnen geherrscht hatte, und Philippes Herz hüpfte vor Freude. Er sah sich bereits Flaschen schleppen, sah, wie Korken durch die Luft schossen, und hörte das Geräusch des Champagners, der in der Emailwanne plätscherte. Michel und Philippe dachten oft an dieselben Dinge. Das war schon immer so gewesen. Und so schossen auch in Michels Phantasie in diesem Augenblick die Korken aus den Flaschenhälsen. »Ein Korken«, murmelte er. »Natürlich, ein Korken.« Vor seinem geistigen Auge manifestierte sich das Gesicht des Toten, auf dessen blutleerer Stirn ein kreisrundes Mal prangte.

Philippe sah ihn fragend an, aber Michel erwiderte den Blick nicht. Seine Augen hefteten sich auf Danièles Antlitz. Sie schlug die Augen nieder und flüsterte: »Ja, ein Korken. Es tut mir leid, was ich euch angetan habe, meine Freunde.« Und nach einem Moment der Stille fügte sie hinzu: »Ich werde nie vergessen, was ihr für mich getan habt.«

Die Augen der Alten weiteten sich. »Du weißt ...?«, krächzte Philippe.

Danièle nickte. »Ich wusste, dass ich ihn euch überlassen konnte. Keinen Moment habe ich daran gezweifelt, dass euch etwas einfallen würde, wie man ihn verschwinden lassen konnte.« Sie sah Michel unverwandt an. »Ich nehme an, die Schweine?«

Er nickte. »Natürlich, die Schweine. Die blauen Lippen ... ertrunken?«

»Ja ja, ertrunken. Er war im Grunde genommen nur ein ungeschickter Tölpel. Als Liebhaber wie ein Vulkan. Dem habe ich nicht widerstehen können, verzeiht. Aber sonst ...« Sie zuckte entschuldigend mit den Achseln. »Der Korken traf ihn mitten auf die Stirn, und dann fiel er rücklings in die Wanne.«

»Du?«, stammelte Philippe, der nun auch begriffen hatte, was sich zugetragen hatte. »Ich dachte, Michel ...«

»Und ich dachte, Philippe ...«, erwiderte Michel.

»Als ich seine Beine vor mir in der Luft zappeln sah, da habe ich zugepackt und nicht mehr losgelassen.«

Das Morgenrot war über den Berg geklettert und trieb eine glühende Flut in den Raum. Selbst die Schatten der Küchenmöbel waren tiefrot.

Zu dritt saßen sie um den alten Holztisch, an dem schon so viele Generationen die Mahlzeiten geteilt hatten. Sie schwiegen und tranken Kaffee, und in ihren Köpfen verwoben sich die einzelnen Fäden der Geschehnisse zu einem dichten Stoff. Philippe war der Erste, der die Sprache wiederfand. »Aber wieso denn nur?«, fragte er.

Danièle warf die Hände in die Luft. »Ach, er war so unverschämt jung, so unglaublich wohlgestalt. Er hat all meine Falten gesehen und meine welke Haut. Das hat nie wieder passieren dürfen. Das versteht ihr doch?«

Sie blickten einander an, zählten die Jahre in ihren Gesichtern, ließen die Blicke voll tiefer Liebe über die zerfurchten Landschaften wandern. Sie dachten an Champagner und an die Badewanne. Sie erinnerten sich an goldene Tage und tiefes Glück. Und sie verstanden es.

Die Häupter ihrer Lieben

Jüngst, bei ihrem Staubgewedel,
beim Gesimse am Kamin,
zogen die Erinnerungen
zu den Herrn im Rahmen hin.

Da ist Arnulf mit der Glatze,
auf der grünen Bank im Park,
schlicht umrahmt vom dunklen Holze
winkt er kurz vor dem Infarkt.

Auch der gute Herrmann-Josef
schaut aus seinem Passepartout
seit dem Tod vor fünfzehn Jahren
ihr beim Saubermachen zu.

Und auch Friedrich, der Matrose,
mit dem roten Rauschebart,
zeigt ein frisches Seemannslachen
kurz vor seiner letzten Fahrt.

Lang schon ruht Jean-Pierre im Grabe,
hier umkränzt vom Ornament,
lächelt er und denkt noch gar nicht
an sein eig'nes Testament.

Albrecht strahlt im Nadelstreifen,
just an ihrem Hochzeitstag,
und schon vierzehn Stunden später
traf ihn unverhofft der Schlag.

So verharrt sie dort im Stillen
und denkt an die Zeit zurück,
denkt an Pilze und an Pillen
und verfloss'nes Eheglück.

Und ihr Blick fällt in den Garten,
dort stutzt Gottfried ein Gewächs.
Sie will nicht mehr länger warten,
er wird morgen Nummer sechs.

Der Nachtmahr
von Neustadt

Darf ich Ihnen Hans-Paul Bräuer vorstellen? Sie werden noch nie etwas von ihm gehört haben. Stimmt doch, oder? Na sehen Sie.

Hans-Paul Bräuer war Künstler. Zumindest hielt er sich für einen solchen. Ein großer, voluminöser Mann mit einem grau melierten Bart, auf dem birnenförmigen Kopf ein verwegen zurechtgeknickter Schlapphut, eine Brille, deren Gläser aussahen wie in Horn gefasste Autoscheinwerfer, ein Schal nach Bohemien-Art um den Hals geworfen, so pflegte er durch Neustadt und Umgebung zu watscheln. Unter den Arm hatte er häufig eine riesige Zeichenmappe und eine Klappstaffelei geklemmt. Sein Schnaufen hörte man lange, bevor man ihn sah, und sein billiges Eau de Cologne hing noch in der Luft, nachdem er schon eine ganze Weile wieder fort war.

Er malte Landschaften und Personen. Er skizzierte in Rötelstift, in Kohle und Kreide. Er malte in Acryl, Gouache und Öl.

Doch was auch immer er zu Papier oder auf die Leinwand brachte, konnte nicht darüber hinwegtäuschen, dass er nicht einen Funken Talent im Leib hatte.

Aber Bräuer hatte es sich nun einmal zum Ziel gesetzt, berühmt zu werden. Er träumte von Neustadter Straßen, die seinen Namen tragen würden, von Kunstpreisen und von Ausstellungen, rund um den Erdball.

Neustadt an der Weinstraße war voll von Kunst. An jeder Straßenecke kollidierte man mit Plastiken, und sobald eine Wand groß genug war, hing ruck, zuck ein Gemälde daran. Da würde er, so hatte Bräuer beschlossen, auch schon noch seinen Platz finden.

Schließlich konnte er nichts anderes. Er konnte nicht singen. Auch sportlich war er ein Totalausfall. Und schauspielern konnte er ebenfalls nicht. Dabei war er Mitglied der Neustadter Schauspielgruppe gewesen, die er vor dreißig Jahren als sein Sprungbrett zu Film und Fernsehen betrachtet hatte. Das hatte ja schließlich auch bei einem anderen geklappt, der jetzt im Privatfernsehen eine eigene Krimiserie hatte. Bräuer aber war nach kurzer Zeit wieder rausgeschmissen worden, weil er sich keinen einzigen Satz merken konnte.

Der Fernsehkommissar hatte es geschafft. Bräuer nicht. Zur Strafe guckte Bräuer keine Privatsender mehr.

Er war in der Pfalz geblieben, war älter und älter geworden und drohte, mit seinen furchterregend schlechten Gemälden nicht einmal mehr als Fußnote in die Geschichte Neustadts einzugehen, denn die Zentralperspektive war sein erbitterter Feind, die Proportionen der Objekte entwanden sich stetig seinem Griff und obendrein war er mit einer Farbenblindheit gesegnet, die Goethes Farbenlehre verquirlte und den Regenbogen umstülpte, dass es schmerzte.

Denken Sie sich nun bitte folgende Situation: Es war Sommer. Der Sommer in der Pfalz ist meistens wunderschön.

Dieser hier war ein bisschen kühler, ein bisschen ungemütlicher. Hans-Paul Bräuer saß im Haardter Steinbruch und versuchte sich verbissen an der Farbe des weißlichen Sandsteins, der sich auf seinem Aquarellmalblock verdächtig grün mit eiterfarbenen Einsprengseln ausnahm.

Der vermeintliche Künstler malträtierte das aufweichende Papier mit dem Pinsel und lehnte sich im schwindenden Licht des Tages immer wieder gefährlich weit auf seinem quietschenden Campingstuhl zurück, um sein Machwerk aus der Entfernung zu betrachten. Die steinernen Klippen hatten sich auf seinem Block in eine Art großen Klecks Erbsensuppe im angetrockneten Zustand verwandelt. Bräuer legte den Kopf schief und ließ sein Elaborat wirken. Er neigte sich nach rechts und neigte sich nach links, er drehte den Block und wusste schon bald nicht mehr, wo oben und unten war.

Bräuer schickte ein klagendes Seufzen in die Stille des Steinbruchs. Es war nicht von der Hand zu weisen: Sein Oeuvre würde nie, nie, nie das Guggenheimmuseum schmücken. Selbst seine kleine, schmuddelige Stammdönerbude weigerte sich, seine Bilder aufzuhängen. Sein Name würde nach seinem Tod von dieser Welt getilgt sein, kein Ruhm war ihm vergönnt.

Er sackte mutlos in sich zusammen. Als der Block seiner schlaffen Hand entglitt, hörte er einen Schrei. Gleichzeitig bewegte sich direkt vor ihm in der Steilwand ein Körper von sehr hoch oben sehr schnell nach sehr tief unten. Ein weiteres, deutlich unappetitlicheres Geräusch ertönte, bevor eine bleierne Stille folgte.

Unerwartete Ereignisse können ungeahnte Folgen zeitigen. Ich weiß, mit solchen Binsenweisheiten brauche ich Ihnen eigentlich nicht zu kommen, und doch sollten Sie sich diese Tatsache vor Augen halten, wenn Sie begreifen wollen, was sich in Hans-Paul Bräuers verknoteten Hirnwindungen abspielte, als er sich schwerfällig und schnaufend der Absturzstelle der jungen Frau – denn um eine solche handelte es sich – näherte.

Die schlanken Beine waren durch den Aufprall so grotesk geknickt, dass der Anblick an Bräuers zahlreiche Versuche erinnerte, Nacktfotos aus der Fernsehzeitung abzumalen.

Die Augen waren im Halbdunkel als dunkle, glanzlose Öffnungen zu erahnen, durch die die Seele den Körper verlassen hatte. Die Finger ihrer Rechten hielten ein blasses Stück Papier umkrampft, das Bräuer der Toten nur mit Gewalt entreißen konnte.

Ein Abschiedsbrief. Er musste die Brille abnehmen und das Papier ganz nah vor die Augen führen.

Sie verabschiedete sich mit dürren Worten von jemandem, der Ronny hieß, und beteuerte, es tue ihr leid, aber sie könne nun einmal nicht mehr.

Komisch, dachte Bräuer, da hatte er noch vor wenigen Minuten dagesessen und an den Tod gedacht und an den Ruhm, der sich wohl nie einstellen würde, und jetzt hatte er eine leibhaftige Leiche vor seinen Füßen liegen. Und mit einem Mal fiel ihm ein, dass es in der Geschichte der Menschheit schon vielen gelungen war, mit ein paar Leichen unsterblich zu werden. Der Ripper von Neustadt, der Neustadt-Strangler, der Neustadter Würger ... So was hatte Klang.

Der Gedanke traf ihn wie eine Ohrfeige. Langsam ließ sich Bräuer auf einen Felsklotz sinken und überlegte. Um ihn herum wurde es immer dunkler. So dunkel, dass er später, auf dem Weg zu seinem Auto, mehrmals hinfiel und sich blaue Flecken holte, die am nächsten Tag die gleiche ungesunde Farbe angenommen haben würden wie sein jüngstes Aquarell. Er legte die schöne junge Leiche in den Kofferraum.

Was hatte Bräuer denn nur vor?, werden Sie sich fragen. Zu Recht, zu Recht. Es ist ja auch mit normalen menschlichen Maßstäben nicht messbar, was dieser Mann in diesem Moment ausbrütete.

Wie so ein Teelöffelchen voll Ruhm schmeckte, erfuhr Bräuer am nächsten Morgen, als er den Fernseher einschaltete und das Bildnis sah, das er in der letzten Nacht geschaffen hatte: Man hatte die Frau neben dem *Zeitungsleser* aufgefunden. Ein schlanker, schlaffer Körper, angelehnt an eine metallene Plastik am Juliusplatz. Die ersten vorbeieilenden Passanten hatten sie für eine Schlafende gehalten. Eine Betrunkene. Eine Obdachlose möglicherweise. Dann hatte jemand sie von Nahem betrachtet und das Blut an ihrem Hinterkopf und in ihrem Mundwinkel bemerkt und die Tatsache, dass sie mausetot war.

Erschlagen, so lautete die einhellige Meinung. Regelrecht zerquetscht. Geradezu unmenschlich musste die Gewalt gewesen sein, die man ihr angetan hatte. Ein brutaler Mörder in Neustadt! Als i-Tüpfelchen seiner abstrusen Installation hatte Bräuer ihr zwei kleine Kieselsteine in die Nasenlöcher gestopft.

Es folgte ein Aufschrei in den Medien. Der arme Ronny heulte sich vor laufenden Kameras die Augen aus dem Kopf. Wenn der wüsste! Bräuer hatte den erklärenden Zettel vorsichtshalber noch im Steinbruch zu einem Kügelchen geformt und runtergeschluckt.

Er glühte vor Energie. Er kaufte alle Zeitungen, er sah Tag und Nacht fern. Sein Werk wurde beachtet. Seine künstlerische Installation wurde wahrgenommen. Er hatte Emotionen entfacht!

Bräuer durchmaß die Stadt im Folgenden mit gefestigtem Schritt. Diabolisch grinste er sein Spiegelbild im Schaufenster des *Café Schluckebier* an. Er war ein Monster. Wenn die Neustadter nach Einbruch der Dunkelheit furchtsam durch die Straßen und Gässchen huschten, dann hatte er dies ausgelöst. Sie kannten ihn noch nicht mit Namen, aber jeder dachte an ihn. Wenn er die metallenen Kunstwerke passierte, die seine Heimatstadt zierten, ertappte er sich dabei, wie er in Gedanken begann, weitere Körper mit ihnen zu kombinieren. Eine Leiche im *Paradiesbrunnen*? Warum nicht?

Doch die Krux solcher Überlegungen ist häufig die falsche Ausgangsbasis. Sicherlich gibt es irgendwo irgendeinen klugen Kopf, der eine Statistik aufgestellt hat, wie häufig dem gewöhnlichen Bundesbürger unverhofft eine Leiche vor die Füße fällt. Ohne zu viel zu verraten: Allzu oft passiert so was nicht.

Das musste dann auch Hans-Paul Bräuer feststellen, als plötzlich Kommunalwahlen anstanden, als das Weihnachtsgeschäft tobte, als sich die nächsten Blüten der Mandelbäume öffneten, die auf seinen Bildern, die er in Gimmeldingen auf die Leinwand schrubbte, die Farbe von alter Leberwurst bekamen, als der berühmte Fernsehkommissar seine Heimatstadt besuchte, kurzum, als irgendwann kein Mensch mehr von seinem Mord sprach.

Eine weitere Leiche musste her.

So wie ich Ihnen diesen Mann bislang geschildert habe, werden Sie mir zustimmen, wenn ich sage, dass man ihn wohl kaum als gewalttätig bezeichnen konnte. Jemanden zu würgen oder zu schlagen, jemanden mit Klingen oder stumpfen Gegenständen zu bearbeiten, das lag Bräuer eigentlich nicht. Aber ein wenig kriminelle Energie schlummert in jedem, und so beschloss er, sich ein ausreichend betagtes Opfer auszugucken, und wurde im Folgenden häufiger in der Nähe der Altenheime von Neustadt gesehen.

Schließlich glaubte er, in einer besonders gebrechlich wirkenden kleinen Seniorin aus dem Altenzentrum St. Ulrich an der Konrad-Adenauer-Straße ein adäquates Opfer gefunden zu haben, und er heftete sich an ihre Fersen.

Was sich zunächst wie ein leichtes Unterfangen anließ, überraschte Bräuer zusehends. Das zähe alte Biest mit den drahtigen, silbergrauen Löckchen schickte sich an, ihn abzuhängen. Japsend hastete er hinter ihr her, überquerte den Strohmarkt, verlor sie beinahe aus den Augen, folgte der Frau bis zum Haardter Treppenweg, beobachtete, wie sie leichtfüßig die Treppe hinaufeilte, und spürte, wie ihn nach den ersten Stufen noch auf der Höhe des Gymnasiums die Erschöpfung in die Knie zwang.

Während die alte Dame hinter der nächsten Kehre auf dem Schanzenweg verschwand, sank Bräuer nieder und atmete schwer und rasselnd. Es dauerte lange, bis er sich wieder hochrappeln konnte, doch als er seine wuchtige Gestalt endlich aufgerichtet hatte, bemerkte er mit vor Freude hüpfendem Herzen, dass alles im Leben einen Sinn hatte, auch eine Verschnaufpause: Die Alte war schon wieder auf dem Rückweg zum Heim. Ohne einen Anflug von Erschöpfung trippelte sie die Stufen talwärts.

Die Gelegenheit hätte nicht günstiger sein können. Kein Mensch war in Sicht. Ein kräftiger Windstoß ließ die Blätter aufrauschen. Bräuer gab der Frau, als sie freundlich nickend an ihm vorbeiwackelte, einen kleinen beschleunigenden Schub und sie nahm die restlichen Stufen im Flug.

Ihr kleiner, mausgrauer Körper ließ sich mühelos im Gesträuch verbergen und wartete geduldig, bis Bräuer nach Einbruch der Dunkelheit mit seinem Auto zurückkehrte. Alles lief so unglaublich glatt, dass er glaubte, nun endlich seine Berufung gefunden zu haben. Ihn konnte nicht einmal ein blöder Fernsehkommissar stoppen.

Man fand die tote Alte am darauf folgenden Morgen unweit der Marienkirche, bewacht von den unbeweglichen, bronzenen Vögeln am Speyerbach. Bräuer dachte an Hitchcock, als er das Bild im Fernsehen sah. Wieder hatte er ein künstlerisches Symbol mit in sein Werk einfließen lassen, über dessen Aussage er sich eigentlich selbst nicht im Klaren war: In die weißen Löckchen der Frau hatte er kleine Blüten geflochten. Blaue Blüten? Was brabbelte der Sprecher da? Bräuer war sich sicher, dass sie gelb gewesen waren.

Die Presse kreischte vom Neustadter Kunstmörder, der nach einem Dreivierteljahr zurückgekehrt sei.

Da war es wieder, dieses Hochgefühl. Da war wieder der Starkstrom, der durch Bräuers Adern zuckte.

Noch am selben Tag fütterte er den alten Küchenofen im Atelier im Erdgeschoss seines schäbigen Hauses in der Mittelgasse mit seinen Bildern. Gierig fraßen sich die Flammen über die zerknüllten Leinwände und die zerborstenen Keilrahmen. Er machte einen Schnitt. Diese ungeliebten Schmierereien gehörten der Vergangenheit an!

Wie ein Besessener durchschlich – nein, halt – durchwatschelte Hans-Paul Bräuer fortan die Nächte, auf der Suche nach seinem neuen Opfer. So lange durfte es nicht noch einmal dauern, bis er zuschlug. Die Serie der Morde durfte nicht abreißen! Und dass seine Scheu vor der eigenen Gewalttätigkeit schrumpfte, das bemerkte Bräuer eher mit Genuss, denn mit Besorgnis.

Schon wenige Tage später erwischte er im allgemeinen Trubel des Gauklerfests in der Zwerchgasse einen verirrten japanischen Touristen, der seine Gruppe verloren hatte. Die Leiche des Männleins fand sich Stunden später auf dem Wernigeröder Platz, mit dem zerschmetterten Kopf zwischen den Füßen der Sandsteinplastik *Besinnung*, deren massiger Körperbau fast ein wenig an den Bräuers erinnerte. Im Mund des Asiaten steckte eine übrig gebliebene Paranuss von Bräuers Weihnachtsteller.

Sprechen wir ruhig einmal von einer Glückssträhne. Bräuer hatte voll ins Schwarze getroffen. Die Schlagzeilen vom ›Nachtmahr von Neustadt‹ wirbelten durch den deutschen Blätterwald, weil Zeitungen Alliterationen nun einmal lieben. Auch der berühmte Fernsehkommissar wurde von der Presse gelöchert. Was war nur in Neustadt los? Drei Todesopfer hatte der nächtliche Meuchelmörder bereits zu verantworten. Wann würde er wieder zuschlagen?

Am darauf folgenden Montag.

Ein Student schaffte es mit seinem Fahrrad nicht mehr rechtzeitig, auf der nächtlichen Landstraße Bräuers Auto auszuweichen. Als der junge Mann wieder auftauchte, hielten seine Arme die Säule des *Vordenkers* umschlungen, der gleich neben der öffentlichen Toilette in der Laustergasse so vor sich hin dachte. Darüber hinaus hatte man der Leiche zwei abgenagte Hühnerknochen hinter die Ohren geklemmt.

Nummer fünf war ein Schlossergeselle aus Mußbach. Er wurde mit dem Oberkörper gewaltsam in den *Menschen im Widerstreit* am Ende der Hauptstraße gezwängt. Aus seinen Ohren tropfte Bienenhonig.

Eine Fußpflegerin aus Duttweiler schwamm im Brunnen auf dem Marktplatz, bewacht vom *Rathauslöwen Leo*. Um ihre Fußknöchel waren Porreestangen verknotet worden.

Sechs Leichen. Sechs Kunstwerke, sechs Botschaften, die niemand verstand. So weit, so gut.

Doch was nun folgte, war Bräuers Meisterwerk. Die blanken bronzenen Brüste der Elwedritsche an ihrem Brunnen hatten ihn zu einer weiteren grandiosen künstlerischen Collage inspiriert.

Am Busbahnhof zog er weit nach Mitternacht eine junge Frau, die soeben ihren kleinen Fiat besteigen wollte, aus dem Verkehr. Gegen Bräuers Körperfülle war sie machtlos und den Schlag mit dem Hammer, der sie zwischen den Augen traf, hatte sie vor lauter vergeblicher Gegenwehr nicht kommen sehen.

Schwierigkeiten traten allerdings auf, als Bräuer kurz darauf am Marstall, inmitten der munter plätschernden Szenerie des *Elwedritschebrunnens* mit seinen groben, wurstförmigen Fingern versuchte, die kleinen Knöpfe ihrer Bluse zu öffnen. Es war dunkel, das Wasser besprenkelte des Künstlers große Brillengläser und der Oberkörper der Frau drohte, ihm immer wieder zu entgleiten. Ungestüm riss er die Bluse schließlich auf und legte zwei Brüste von ausgesprochen gelungenen Proportionen und völligem Ebenmaß frei. Seiner Vorliebe für Naturmaterialien folgend, hatte Bräuer zwei Schneckenhäuser beschafft, die er nun aus der Jackentasche kramte und, umtost vom Wasser des Brunnens, auf die beiden Brustspitzen pfropfte.

In diesem Moment erklang in der Dunkelheit hinter ihm ein lautes, unwürdiges Rülpsen.

So, werden Sie nun denken. Das war's dann. Jetzt wird er geschnappt und fertig ist die Laube.

Leider muss ich Sie enttäuschen.

Bräuer ließ sein Opfer in das knöcheltiefe Wasser platschen. Bräuer floh. Bräuer strauchelte mit vor Nässe schmatzenden Schuhen in die Dunkelheit hinein.

Und Bräuer war gerettet.

Damit haben Sie wohl nicht gerechnet, was?

Am nächsten Morgen wissen es alle.

Der berühmte Fernsehkommissar hat wieder einmal seine Heimatstadt besucht. In einem feinen Restaurant in der Innenstadt hat er fürstlich gegessen und ist vom Herrn des Hauses zu einer Reihe edler Schnäpse eingeladen worden. Völlig besoffen wankt er im Anschluss an seinen Gasthausbesuch durch die Nacht und verspürt, als er sich torkelnd dem plätschernden *Elwedritschebrunnen* nähert, ein menschliches Drängen.

Er öffnet umständlich seine Hose und in diesem Moment beginnt eine schlaflose Anwohnerin laut zu schreien.

Der Gastwirt, bei dem der Fernsehkommissar eingekehrt war, erklärt am nächsten Tag den Kamerateams und den Leuten von der Tagespresse, dass der TV-Ermittler Weinbergschnecken gegessen hat. Ob zwei Schneckenhäuser fehlen, kann der Wirt nicht mit Sicherheit sagen. Die offene Bluse ... Die offene Bluse ... Dass sexuelle Motive hinter den Ritualmorden stecken, war den meisten schon lange klar.

Nicht zur Entlastung tragen die Tatsachen bei, dass der Schauspieler in seiner Freizeit hingebungsvoll Tonplastiken zurechtknetet und dass die Besuche in seiner Heimatstadt immer mit den Morden der vergangenen Monate zusammengefallen sind.

Der berühmte Fernsehkommissar ist der Nachtmahr von

Neustadt! Von Vorverurteilung hält die Presse natürlich nichts, aber hier liegen die Dinge ja wohl glasklar. Die Medien werden diesen spektakulären Fall noch monatelang am Kochen halten. Der Mann wird seinen Job beim Fernsehen verlieren, aber dann wird er schließlich aus Mangel an Beweisen freigesprochen werden. Er wird seine Autobiografie schreiben, die sich mindestens eine halbe Million mal verkaufen lassen wird, sein Leben wird verfilmt werden und Neustadt wird einen Platz nach ihm benennen. Und natürlich wird auch eine von ihm geschaffene Bronzeplastik aufgestellt werden.

Was mit Hans-Paul Bräuer geschieht?

Hans-Paul Bräuer erleidet noch am selben Morgen einen schweren Herzinfarkt, der ihn halbseitig lähmt und sein Sprachzentrum schreddert.

Er kommt für kurze Zeit in ein Wohnheim und stirbt schon im kommenden Frühjahr, als die Mandelbäume beginnen, leberwurstfarben zu blühen, einen einsamen, bitteren Tod.

So, nun haben Sie Hans-Paul Bräuer kennengelernt.

Seinen Namen brauchen Sie sich nicht zu merken.

Ein lichter Moment

Über jeden Witz lachte Kalli vier Minuten später als alle anderen, im Fernsehen guckte er die Kindernachrichten, weil er die als einziges kapierte, Chihuahua hielt er für eine Bananensorte und die Blattern für einen afrikanischen Volksstamm. Kalli war naiv aber liebenswert. Er hatte einen ganz guten Job. Die stets gleichen Handgriffe, die er am Fließband zu verrichten hatte, gaben ihm täglich ein Gefühl von Geborgenheit. Bei seinen Kollegen war er ausgesprochen beliebt.

Aber zuhause hatte er Renate. Auch die hielt ihn für unglaublich beschränkt und sagte es ihm auch. Abends, zwischen seiner Heimkehr und dem Zubettgehen, ja, schon am Frühstückstisch, jeden Morgen.

»Der Klodeckel ist oben. Wie oft haben wir darüber gesprochen? Wie oft?« »Dein Freund Harald hat angerufen. Ich will nicht, dass Du mit ihm rum läufst.« »Wenn ich noch einmal deine Schuhe am Treppenabsatz sehe, fliegen sie in den Müll! Willst Du, dass ich mich jedes Mal aufrege? Ich könnte an Dir verzweifeln!« »Hatte ich Dir nicht verboten, mit Theo angeln zu gehen? Ich rege mich schon wieder viel zu viel auf. Mein Arzt hat gesagt, dass ich das nicht darf!« »Fährst du jetzt jeden Tag mit dem Auto zur Arbeit? Du sollst doch das Rad nehmen, bei den Spritpreisen!« »Vergessen, Sprudel mitzubringen? Du bringst mich auf die Palme! Wo sind meine Herztabletten?«

Kalli ertrug das seit fast einem Vierteljahrhundert mit unnachahmlicher Gelassenheit. Er umhegte und umsorgte

110

sie wegen ihres Herzleidens, fuhr sie zum Arzt, nahm ihr schwere Gänge ab, stets darauf hoffend, dass Ruhe in ihr Heim einkehren würde. Eine hübsche, gleichmäßige Stille.

»Ich fasse es nicht! Vergessen in die Apotheke zu gehen?« Sie sprang vom Frühstückstisch auf. »Oh, mein Gott, ich rege mich auf! Ich rege mich schon wieder viel zu sehr auf!« Ihre kleinen, hektischen Schritte entfernten sich klickernd in Richtung Küche. »Willst Du mich umbringen, du unglaublicher Idiot?« Eigentlich wollte Kalli das nicht. Er hätte ja nicht mal gewusst, wie. Außerdem hasste er Gewalt. Aber als sie aus der Küche kam, stand er neben der Tür und ließ mit einem immensen Knall die Brötchentüte zerplatzen. Danach folgte eine betörend schöne Stille.

Amore – ma non troppo

Matteo lernte Renata in den Ruinen von Pompeji kennen. Nebeneinanderstehend, hatte sie der Anblick der anzüglichen Fresken im Lupanare, dem aufwändig restaurierten Bordell des alten Pompeji gefangengenommen. All die unzüchtigen Darstellungen hatten ihre Blicke magisch angezogen. Matteos Augen waren irgendwann nach rechts gewandert, weil Renata neben ihm ein leises, gurgelndes Geräusch von sich gegeben hatte. Mit offenem Mund und weit geöffneten Augen betrachtete sie die farbigen erotischen Illustrationen und atmete heftig.

Renata war wunderschön. Sie hatte volles Haar, das in der durch einen Lichtschacht hereinfallenden Mittagssonne glänzte wie heißes Pech. Ihre vollen Lippen bebten, ihre wohlgerundete Brust hob und senkte sich in rascher Folge, ihre Finger umklammerten den Gurt ihrer Umhängetasche so fest, dass die Knöchel unter der dunklen Haut aufleuchteten.

Dann wandte sie sich ihm zu und schenkte ihm einen Blick, aus dem die Lust heraussprudelte wie eine ungezügelte, alles mitreißende Woge.

Matteo schluckte mehrmals und ließ den Blick an ihrem makellosen Körper hinunterwandern. Ihr kirschblütenfarbenes Kleidchen umschmeichelte jede Wölbung ihres Körpers. Darunter war nichts, was nicht aus Fleisch und Blut war.

Mit ihnen waren nur drei skandinavische Touristen im Raum, die nun weiterschlenderten. Ihre lärmende Unterhaltung entfernte sich rasch.

Renata nickte vielsagend und deutete mit ihrem energischen Kinn auf die hohle Türöffnung zum angrenzenden Raum des zweistöckigen Gebäudes. »Schnell«, flüsterte sie. »Man darf nicht lange zaudern.«

114

Zaudern hatte Matteo immer schon sehr gut gekonnt. In seinem Büro in Milano, in dem er zusammen mit dem dicken Giorgio tagein, tagaus dicke Stapel von Abrechnungen kontrollierte, zauderte er von morgens bis abends. Keine Kalkulation, die er nicht gegenrechnete, kein Ergebnis, das er nicht gewissenhaft nachkontrollierte.

Aber dieses Mal zauderte Matteo nicht.

Eine Viertelstunde später taumelte er benommen in den Raum zurück, als der nächste Touristenschwarm hereinströmte, und diesmal war er es, der sich am Gurt seiner Umhängetasche festklammerte. Als er sich umwandte, sah er Renata im schwarzen Rechteck der Tür, die ihr Kleid zurechtzupfte und ihn anstrahlte. Mit einem solchen Hunger und einer solchen Gewalt war sie in dem kleinen halbdunklen Raum über ihn gekommen, dass er sich mit Händen und Füßen kaum hätte erwehren können - wenn er es denn gewollt hätte.

Ihr Blick war voller Dankbarkeit. Ihre Lippen zitterten noch immer wie ein zartes pompejianisches Nachbeben. Dann kam sie an seine Seite und ihn durchflutete goldenes Glück, als er spürte, dass sie nie mehr von ihm weichen würde.

Ihre kleine Wohnung in Capua gab Renata auf der Stelle auf und fuhr mit Matteo heim in die Lombardei, nach Rozzano, einem Vorort von Milano. Ihre Habe wollte sie später abholen oder zurücklassen. Ganz egal, sie wollte mit ihm mitkommen, einfach nur mit ihm mit, notfalls ohne alles.

Während der ganzen Reise im kleinen Fiat lag ihre Hand in seinem Schoß, und an jeder dritten Raststätte musste er Halt machen. Sie wollte seinen Körper auf dem Rastplatz, im

115

Gebüsch und auf der Toilette. Und sie bekam ihn.

Als sie von der Autostrada nach Rozzano hineinfuhren, richtete Matteo sich auf dem Fahrersitz seines Fiats auf und schenkte seinem Heimatort ein Siegerlächeln. Schaut her, was ich mitgebracht habe: die schönste Frau der Welt. Das hungrigste Geschöpf, das je ein Mann hat einfangen können!

Der dicke Giorgio staunte nicht schlecht, als Matteo ihm über den dicken Aktenstapel hinweg, der sich während seiner Abwesenheit angesammelt hatte, die Neuigkeiten erzählte. Matteo war seit über zwanzig Jahren Junggeselle, und bislang hatte kein Verkupplungsversuch Früchte getragen. Matteo schilderte die Tage seines Zusammenseins mit Renata in den schillerndsten Farben und registrierte voller Stolz den Neid in Giorgios Blick. »Sie kann nicht kochen«, raunte er, »aber sie kann zaubern.«

Als er in der Mittagspause die flache Dose öffnete, in der er täglich einen kleinen Happen zur Stärkung mitzunehmen pflegte, kringelte sich dort im kalten Blechbehältnis keck ein weinrotes Unterhöschen, und er hatte Mühe, sich am Nachmittag auf seine Arbeit zu konzentrieren.

Die Heirat fand ungewöhnlich rasch in Sant'Angelo statt. Ein paar Verwandte Renatas aus Neapel waren angereist und Matteos alte Mutter und seine Schwester mit ihrem Mann aus Monza. Auch Giorgio war mit seiner gleichfalls ungemein fülligen Frau gekommen und musterte Renata mit unverhohlen lüsternen Blicken.

Womöglich verwirrte der nur spärlich verhüllte Leib des ans Kreuz genagelten Christus Renatas Sinne, denn sie murmelte, als sie gerade vor dem Altar niederknien wollten, ein knappes Wort der Entschuldigung und lief mit wirbelnden weißen Rüschen aus der Kirche hinaus.

Als Matteo, im geliehenen Frack, voller Sorge folgte, presste sie ihn gegen die kühlen Steine der Kirchenmauer und hauchte: »Ich habe kein Höschen an.«

Und Matteo wenige Augenblicke später auch nicht mehr. Während des darauf folgenden Hochzeitszeremoniells glänzten ihre Augen vor übersprudelndem Glück.

Ein Möbelwagen brachte Renatas Habe an einem Mittwoch, und Matteo staunte, weil er noch nie zuvor eine solche Ansammlung erotischer Spielzeuge gesehen hatte. Er musste im Supermarkt ein Zehnerpack Batterien kaufen.

Renata kochte wirklich schlecht. Pasta gelang ihr ab und zu und auch Suppen gerieten ihr von Zeit zu Zeit, aber Matteos geliebte Süßspeisen, an denen sie sich aus lauter Liebe versuchte, sahen allesamt traurig aus und schmeckten fad.

Dafür aber fand Matteo jeden Abend bei seiner Heimkehr eine vor Lust geradezu zerfließende Ehefrau vor, die sich tagtäglich neue Dinge einfallen ließ, um ihn zu verwöhnen.

»Ein Schneebesen ist ein sehr praktisches Gerät«, sagte sie eines Abends gedankenvoll. »Ich kann vielleicht nicht kochen, aber ich kann andere Dinge damit tun.«

Und sie zeigte es ihm.

In den darauffolgenden Tagen und Wochen benutzte sie auch Siebe, Gurkenhobel und Küchenmixer.

Matteo kam aus dem Staunen nicht mehr heraus.

Frau Fanti aus dem Haus gegenüber, die er manchmal auf dem Bahnhof traf, betrachtete ihn in letzter Zeit ungewöhnlich sorgenvoll.

Im Folgenden fand Renata zahlreiche Möglichkeiten, Lebensmittel, die er mochte, als eine Art lebendes Büfett so auf ihrem Körper zu drapieren, dass er über die geschmacklichen Mängel magenknurrend hinwegsah.

Er schleckte klumpiges Risotto aus der Wölbung ihres schlanken Bauchs, er knabberte angebrannte Polenta, die sie auf ihren Brüsten servierte.

Zum Dessert bestrich sie ihn selbst mit Ricottakäse und nahm dann auch etwas zu sich.

Früher war er oft zum Bummeln an den Naviglio Grande gefahren oder hatte die Scala besucht, aber Renatas Liebeshunger füllte jede freie Minute. An den Wochenenden kamen sie häufig überhaupt nicht aus dem Schlafzimmer heraus.

»Du wirst immer dünner«, sagte Giorgio kopfschüttelnd, als er in der Mittagspause ein prachtvolles Stück torta di mele aus seiner Aktentasche hervorzauberte und vor Matteos rot geränderten Augen verschlang. »Und du schläfst zu wenig.«

Giorgio hatte recht. Matteo aß zu wenig und schlief zu wenig. Wenn er morgens aus dem Haus ging und den Zug nach Milano nahm, schlief Renata noch. Sie schlief vermutlich bis zum Nachmittag, denn am Abend, als er nach Hause zurückgekehrt war, hatte sie die Kraft, ihn noch an der Garderobe zu überfallen und bis weit nach Mitternacht zu bearbeiten.

Sie hatten sich ein neues Bett kaufen müssen. Das alte, das Matteo nahezu zwanzig Jahre lang als heimelige Bettstatt gedient hatte, hatte Renatas Staccato nachgegeben und war zusammengebrochen. Jetzt hatten sie ein neues Bett mit elektrischen Spielereien und ausreichend vielen Möglichkeiten, Handschellen zu befestigen.

Auch der Haushalt litt, als Renata herausfand, dass man

mit Staubsaugern, Lockenstäben und Bügelbrett Dinge anstellen konnte, die die Hersteller dieser Gerätschaften vermutlich nicht für möglich gehalten hätten.

Wenn Matteo der alten Frau Fanti am Bahnhof begegnete, zuckte es in letzter Zeit immer nervös um ihre Mundwinkel.

Eines Abends ging Matteo nicht gleich nach Hause. Er hielt auf dem Weg von der Bahnstation in einer kleinen Trattoria auf der Strada Pavese Cesare und trank ein paar Schnäpse.

Er steuerte auf eine Katastrophe zu, das wurde ihm mit jedem Schluck klarer. Renata liebte ihn heiß und innig, aber sie liebte ihn zu Tode.

Er hatte versucht, mit ihr darüber zu sprechen, aber sie hatte ihm einen Schlüpfer in den Mund gestopft, ihm die Augen verbunden und ihn auf seinem eigenen Trimmrad bis zur Bewusstlosigkeit geritten. Danach ging es erneut in die Küche. Er hätte nie geglaubt, dass man Lustgewinn durch Zuhilfenahme eines Stangenbrots erfahren konnte.

Irgendwann hatte er erkannt, dass die verzwickte Situation, in der er sich befand, natürlich zusätzlich durch seine kaum zu schwächende Potenz begünstigt wurde, und so hatte er die Farmacia aufgesucht und sich ein Mittelchen beschafft, das diesen an und für sich wünschenswerten Zustand allzeit bereiter Männlichkeit zumindest zeitweise beenden würde. Sein Magen aber befand sich in einer dermaßen erbärmlichen Verfassung, dass er sich schon im nächsten Moment auf der Toilette wieder von seinen Tabletten trennen musste.

Matteo trank einen weiteren Schnaps. Er brannte im Magen, aber er blieb drin. Und dann sah er vor dem Fenster der Trattoria im Licht der Straßenlaternen Renata auf dem Bürgersteig stehen, umhüllt von einem hellen Wintermantel. Als sie sich sicher war, dass er sie entdeckt hatte, begann sie, sich rhythmisch zu bewegen und knöpfte langsam den Mantel auf. Darunter trug sie nichts.

Matteo beeilte sich, zu bezahlen und eilte zu ihr hinaus, bevor sie Aufsehen erregen würde.

Eines Tages schlief Matteo im Büro über einer Kalkulation ein. Giorgio schaffte es kaum, ihn zu wecken, und als er die Augen halbwegs geöffnet hatte, registrierte Giorgio beunruhigt, dass sein Arbeitskollege nur noch ein Häufchen Elend war. Unrasiert, mit den verkrusteten Mundwinkeln eines Verhungernden, mit den schwarz umrandeten Augen eines Verdammten.

Giorgio schob ihm vorsichtig ein paar Oliven von seiner köstlichen Pizza in den Mund. Er glaubte förmlich hören zu können, wie sie langsam Matteos ausgedörrten Hals hinunterkullerten.

»Sie tötet dich«, hauchte Giorgio. »Lass es nicht dazu kommen.«

Als Matteo an diesem Abend nach Hause kam, duftete es köstlich. Renata hatte gebacken. Oder wollte sie eine neue Liebestechnik im Backofen ausprobieren? Er erinnerte sich mit Schaudern an ihr Experiment mit den vier verschieden heißen Herdplatten und dem Toaster.

Was sie auf dem Küchentisch angerichtet hatte, sah aus der Entfernung tatsächlich wie seine heißgeliebte torta di mele aus, die seine Mutter backen konnte wie kein anderer.

Renata thronte im Schneidersitz nackt auf einem Küchenstuhl und hatte sich zwei lustige Kringel aus Apfelschalen an ihre niedlichen kleinen Öhrchen gehängt. Zwei andere baumelten an ihren beiden erregten Brustspitzen. Sie hatte die Hände ausgebreitet wie eine Tempelgöttin.

Ermattet ließ sich Matteo auf den Stuhl gegenüber sinken und starrte auf den Kuchen, den sie jetzt auf seinen Teller löffelte.

Der Kuchen war gänzlich anders als der von seiner Mutter. Ganz und gar anders. Er war viel zu dunkel geraten und glitt ihr schlapp und schlabbrig rechts und links vom Tortenheber.

»Äpfel sind so erotisch, *zuccherino*«, hauchte Renata und biss auf der anderen Seite des Tisches herzhaft in einen Apfel. »Ich habe tausend Ideen, was wir heute mit all den restlichen Äpfeln machen werden.«

Er begann, lustlos zu essen. Es schmeckte fürchterlich. Die Äpfel waren sauer und zu Brei zerkocht, der Teig war klebrig und schmeckte nach Mehl. Er musste immer wieder Kerne ausspucken.

Dann spürte er, wie sie unter dem Tisch nur mit Hilfe ihrer Zehen seinen Gürtel öffnete und seine Hose aufknöpfte. O ja, das konnte sie tatsächlich.

Und in diesem Moment explodierte Matteo. Er sprang auf und taumelte zurück. Seine Gabel sauste durch die Luft, und die misslungene *torta di mele* verteilte sich auf dem Tisch, als er dagegenstieß. Seiner Kehle entrang sich der schrille Schrei eines Wahnsinnigen.

Auch Renata verlor das Gleichgewicht. Sie kippte hintenüber, ruderte mit geradezu obszönen Gesten mit Händen und Füßen durch die Luft, landete rücklings mit gespreizten Beinen auf dem Boden, und Matteo vernahm mit einem Mal ein unappetitliches Röcheln.

Der angebissene Apfel, den sie selbst während des Sturzes noch in der Hand gehalten hatte, kullerte unter den Tisch, sie griff an ihre Kehle, und ihre Brüste zitterten wie frische *panna cotta*.

Ein Stück des Apfels steckte in ihrem Hals fest und nahm ihr unerbittlich den Atem, und sie röchelte und schnaufte, und ihre Beine zuckten durch die Luft.

Renatas wunderschöne Augen quollen hervor und drohten aus den Höhlen zu springen.

Matteo stand neben ihr und beobachtete sie fassungslos. Er hätte helfen können. Er hätte sie aus ihrer hilflosen Lage auf dem umgekippten Küchenstuhl befreien und ihr durch ein paar kräftige Schläge auf den Rücken dazu verhelfen können, dass das Apfelstück aus ihrem Rachen purzelte.

Aber er tat nichts.

Er zwang sich, nichts zu tun, was ihr Leben gerettet hätte.

Er wollte, dass sie starb.

Am Tag nach der Beerdigung bereitete sich Matteo ein köstliches Ricottasoufflé zu, so wie er es früher oft getan hatte. Allmählich kam er wieder zu Kräften, sein Leben nahm langsam wieder Konturen an.

Anlässlich des bedauernswerten Unglücksfalls hatte er viele Worte des Trostes empfangen. Selbst seine Schwester hatte Renata anscheinend bei den wenigen Gelegenheiten, bei denen sie einander gesehen hatten, ins Herz geschlossen.

»Ich hatte gehofft, sie könne dich alten Junggesellen glücklich machen«, hatte sie unter Tränen gesagt.

»Ich auch«, hatte Matteo gemurmelt. »Ich auch.«

Auch die Polizei war voller Mitgefühl gewesen.

Als er sich nun gerade an den Küchentisch gesetzt hatte, um sich ganz und gar der köstlichen Süßspeise zu widmen, klingelte es an der Tür.

Als er öffnete, sah er sich Frau Fanti gegenüber, der betagten Dame aus dem Nachbarhaus, der er manchmal auf dem Bahnhof begegnete.

Sie war alles andere als eine Schönheit. Ihre Haare waren grau und strähnig, ihr Mund grellrot geschminkt, und ihr teigiger Körper steckte in einem über alle Maßen hässlichen Jogginganzug.

»Ich habe auch meinen Mann verloren«, sagte sie mit rauchiger Stimme in getragenem Tonfall. »Vor zwei Jahren. Ich verstehe Ihren Schmerz.« Dann drückte sie ihm eine Flasche billigen Grappa in die Hand. »Seither führe ich das Leben einer Nonne.«

Als sie sich an ihm vorbei in die Wohnung drückte, hauchte sie: »Sehr hübsch, sehr hübsch. Ich sehe ja immer nur in Ihr Schlafzimmer und Ihre Küche. Sehr hübsch.«

Als er ausholte, um zu protestieren, legte sie ihm einen schwieligen Finger auf den Mund. »Pscht, *carino*. Ich weiß, was du alles kannst. Ich habe es wochen- und monatelang mit angesehen. Du hast wahre Wunder mit dem Körper deiner Frau vollbracht und ich bin noch nie einem Mann begegnet, der so ausdauernd ist wie du. Ich selbst bin wie ein verdorrter Brunnen, und wenn es dir gelingen sollte, dass mein Quell von nun an wieder Tag für Tag sprudelt, dann wird nie jemand erfahren, warum deine *cicciolina* an einem harmlosen Äpfelchen sterben musste.«

Und dann begann sie schnurrend mit ihren gelben Zähnen seine Hemdknöpfe zu öffnen.

Literarische Abrechnung

Bernhard Sander soll den Preis kriegen. Bern - hard San - der!« Dr. Solms schüttelte den Rest seines Bieres im Glas, um ein wenig Schaum zu erzeugen. Dann trank er aus und ließ das Kinn auf die Brust sinken. Es musste bitter schmecken, so, wie er guckte. So bitter wie die Wahrheit. »Sander. Ausgerechnet Sander.«

Dr. Ubbo Solms war der Kopf der kleinen Literatentruppe. Er schrieb Biografien. Er hatte es sich zur Aufgabe gemacht, die Lebensgeschichten großer Köpfe zu konservieren. Sein vierhundertachtzig Seiten starkes Werk über Ferdinand Budde, den ersten Nachkriegsbürgermeister der Kreisstadt, war in einer Minimalauflage bei einem Frankfurter Druck-kostenzuschussverlag erschienen. Ein Werk über Erich Blie-se, den Erfinder des halterlosen Damenstrumpfs und eine mehrbändige Abhandlung über Paul Anton Döpfner, den ersten deutschen Auswanderer nach Feuerland harrten standhaft ihrer Veröffentlichung. Zurzeit arbeitete er an der Biografie Edmund Bismarcks, des Vetters dritten Grades des Reichskanzlers.

Man traf sich wöchentlich im »Gasthaus zum Krug«, weil es hier so »urwüchsig« und »erdig« war. Weil es hier noch eine alte Pissrinne gab und vergilbte Kunstdrucke an den Wän-den. Und weil einen die Arbeiter vor der Theke immer so anguckten. Zwar aus dem Stand und von oben, aber doch irgendwie von unten herauf.

Sie waren seit kurzem zu fünft. Bernhard Sander war ein Neu-zugang. Er stammte aus Essen und arbeitete in einem Architekturbüro. Nach Feierabend schrieb er Kriminalromane.

Kriminalromane … Nun gut, in einer so spärlich besiedelten Gegend konnte man sich seine Mitstreiter nicht aussuchen.

Mit einem Wink zur Theke bestellte Solms eine Runde Schnaps. Die Wirtin mit dem Kanarienvogelgesicht rief: »Fünf?« Er nickte verbissen. »Fünf für den Weg.«

Fünf. Gleich würde Sander von der Toilette zurück sein. Sie würden so tun, als wüssten sie von nichts.

Elke Zirngiebel-Drochtershagen zog mit dem Daumennagel eine tiefe Kerbe in das Holz des Kneipentisches. In ihren Augen standen Tränen. Sie schrieb Lyrik. Jeden zweiten Sonntag lud sie zum »Lyrischen Salon« in die Waschküche eines Mehrfamilienhauses in der alten Amerikanersiedlung ein, in der sie wohnte. Oft legten die Mieter das Wäscheaufhängen auf diesen Termin, denn dort unten gab es keinen Radioempfang.

Elke Zirngiebel-Drochtershagen konnte keine Prosa. Auch im Gespräch nicht.

»Das Holz

Des Tisches?

Des Wirtes?

Des Gastes?

Wessen?

Holz, Du auch bist.

Sei Dein.«, murmelte sie und zog eine zweite Rille. Dann zog sie die Nase hoch.

Jeff Tausig war eigentlich Werbetexter und formulierte Slogans für Fertighäuser und für eine Stempelkissenfabrik in der Nachbargemeinde. In seiner Freizeit verfasste er kabarettistische Texte und trat in Buchhandlungen und auf Kleinkunstbühnen auf. Bei jeder sich bietenden Gelegenheit zitierte er Dieter Hildebrandt und Gerhard Polt. Das machte er zugegebenermaßen gut und fügte immer hintenan: »Das hat er von mir.« Das Lokalblatt veröffentlichte monatlich eine satirische Kolumne von ihm: »Tausigs lausige Kalauereien.«

»Jo gut, ich sog mol, der Sander, jo, der …« Gerne versuchte er brenzlige Situationen mit einer Franz-Beckenbauer-Imitation zu entschärfen.

»Halten Sie Ihren ungewaschenen Rand!«, fuhr ihm Professor August Fredebold mit dröhnendem Bass dazwischen. »Mit Ihren beschissenen Kaspereien werden Sie die Welt nie verändern.« Fredebold war 89, emeritierter Hochschuldozent und Verfasser schonungsloser Weltkriegsliteratur. Seine Erfolgstitel lauteten: »Ich war dabei!« »Die 6. marschiert weiter« und »Dresden leuchtet«.

Er griff gierig nach einem der Schnäpse, die die Wirtin auf dem Tisch abgestellt hatte und kippte ihn mit einem knappen »Prost!« in seinen breiten Mund. Während er aufstand, steckte er sich eine Zigarre an. »Ich muss hier weg, bevor dieser Dilettant vom Kacken zurück ist.« Auf dem Weg zur Garderobe produzierte er dichten, blassgrauen Mief.

»Pssst. Er kommt zurück.« Dr. Ubbo Solms trank ebenfalls seinen Schnaps und erhob sich. »Er darf nicht merken, dass wir's wissen.«

Solms hatte es von einem Neffen aus dem Liegenschaftsamt. In der Behörde war durchgesickert, dass der Kulturpreis des

Kreises, der in diesem Jahr an die Sparte Literatur ging, dem Krimiautor Bernhard Sander verliehen werde. Eine Ohrfeige für alle echten Literaten. Ein »Tritt mit dem Kampfstiefel ungebremst in die Klöten«, hatte es Professor Fredebold genannt. Krimis, da war man sich in dem kleinen aber feinen literarischen Zirkel vor Sanders Erscheinen einig gewesen, Krimis brauchte kein Mensch.

Elke Zirngiebel-Drochtershagen legte sich mit zitternden Fingern ihr Cape um die Schultern. Während sie den Strickhut über ihre grauen, ungebändigten Haare stülpte, flüsterte sie: »Schicksal
    Wendisch, launisch, mit Tönen vergossener Milch und stumpfer Ziegel.
    Beschmutzt, gewaltsam gespreizt und blindgewaschen.«

»Krrrrimmif? Folange ich etwaf tfu fagen habe, werde if nift tfulassen, dass Krrrimif …« Jeff Tausig konnte auch Reich-Ranicki.

Professor Fredebold fuhr ihm erneut barsch über den Mund: »Sie jämmerlicher Schwadroneur!« Und etwas leiser fügte er hinzu, während er sich den groben Schal um den Hals wickelte: »Aber ausnahmsweise haben Sie Recht. Man darf es nicht zulassen. Das schreit nach einer Maßnahme.«

»Wir werden sehen«, flüsterte Solms. »Wir werden sehen.«

Etwas verloren stand Bernhard Sander an dem verlassenen Kneipentisch und sah den anderen vieren zu, wie sie bezahlten. Als sie sich mit kurzen Worten und knappen Gesten –

129

mehr im Allgemeinen, als speziell von ihm – verabschiedeten, trank er den übriggebliebenen Schnaps. Er schüttelte sich. Eigentlich mochte er keinen Korn.

Manchmal waren sie schon seltsam, seine Kollegen vom literarischen Stammtisch. Nun gut, in einer so spärlich besiedelten Gegend konnte man sich seine Mitstreiter nicht aussuchen.

Er bezahlte, schlüpfte in seinen dunkelblauen Mantel und verließ mit einem freundlichen Gruß die Kneipe. Er ging nach diesen Treffen stets zu Fuß nach Hause, um den Führerschein nicht zu riskieren. Außerdem brachte ihm der kleine Spaziergang eine willkommene Erfrischung. Heute Abend würde er noch ein, zwei Stunden schreiben müssen, um auf sein Pensum zu kommen. In den letzten Tagen lief es gut, obwohl er starke Zweifel an der Qualität des Textes hatte. Die hatte er eigentlich immer. Wahrscheinlich würde er nie ganz zufrieden sein.

* * *

Dr. Ubbo Solms spürte, wie sein Puls das Blut durch seine Halsschlagader pumpte. Noch nie hatte er sich fremden Besitz angeeignet. Jetzt saß er hinter dem Steuer eines Wagens, der nicht ihm gehörte und traute sich kaum zu atmen, aus Furcht, er könnte entdeckt werden. Ein Renault. Ganz leicht zu starten. Er war zwar kein Autofahrer, aber das kriegte er hin. Mühelos hatte er beim Hinausgehen den Schlüsselbund aus Sanders Manteltasche gefischt, den Autoschlüssel abgezogen und den Rest wieder in die Tasche gleiten lassen. Solms kurbelte das Seitenfenster herunter. Er brauchte Luft.

Da! Sander! Eine schlanke, dunkle Gestalt mit lässigem Wiegeschritt.

130

Solms drehte den Schlüssel, gab Gas, ließ den Wagen nach vorne schießen. Sah Biertische rechts und links taumeln, fliegen, sah, wie die Gestalt erstarrte, paralysiert stehenblieb, eine Hand nach oben riss.

* * *

Jeff Tausig hatte die Waffe bereits entsichert. Er durfte jetzt nicht zaudern. Konnte er es noch? Würde er dieses Schwein treffen? *Richtig* treffen? Am Nachmittag hatte er im alten Steinbruch fünf von sechs Flaschen weggeballert. Aber hier? In der völligen Dunkelheit.

Wann kam er denn endlich?

Ein Geräusch! Ein Motor. Sanders Auto? Der ging doch immer zu Fuß.

Zwei weiße Kreise, die sekundenschnell anwuchsen, ihn in Licht badeten, auf ihn zuflogen. Ein breit grinsender Kühlergrill, der ihn im nächsten Moment brutal in die Beine biss.

* * *

Elke Zirngiebel-Drochtershagen wollte sehen, wie Sander starb. Sie wollte sich über ihn beugen und ihm ein Gedicht mit auf den Weg geben. Sander hatte vorhin sein letztes Glas getrunken, und sie hatte die letzte Chance genutzt. Ein paar Tröpfchen, völlig unbemerkt … Ihm blieben nur noch wenige Minuten.

Einer wie er hatte den Preis nicht verdient. Alles was er schrieb war so … unlyrisch.

Wer schrie da? War das Tausigs Stimme? Sie sah das Auto, das plötzlich durch den nächtlichen Biergarten pflügte, auf die erstarrte Gestalt zu, in deren Hand sie eine Waffe erkannte. Einen Lidschlag später ertönte ein lauter Knall. Dann spürte sie einen Schlag gegen die Stirn, der sie rückwärts gegen die Hausmauer schleuderte. Ihre Kraft floh augenblicklich aus ihren Gliedmaßen, sie sank langsam zu Boden. Da war kein Schmerz, da war nur ein schillerndes, funkelndes Rot, das wie ein Schleier über ihr Gesicht sickerte.

Sie dachte:

»Tod,

Feinfingriger, fischherziger …«

Und dann gelang ihr völlig unerwartet sogar ein Reim:

»Loch in Mütze

Rote Pfütze,

Blut im Hut.

Gar nicht gut.«

* * *

Professor Fredebold erfasste die Situation mit einem Blick. Da war der Feind. Im Renault. Na klar. Opfer: Bislang zwei. Und er, völlig allein … mit seinem Andenken. Er holte sie aus der Manteltasche. Gehegt und gepflegt hatte er sie. Gereinigt und immer wieder in der Hand gewogen, all die Jahre lang. Jetzt war es soweit.

»Gute Reise, mein Mädchen.« Der Abreißzünder … »Einundzwanzig, zweiundzwanzig, dreiundzwanzig …«

Die Handgranate flog durch das offene Seitenfenster des Renault, kurz bevor der Wagen zurücksetzte und danach laut quietschend einen gewaltigen Schwenk nach rechts machte.

Kurz bevor das Auto die Straßeneinmündung erreichte, zerriss ein donnernder Feuerball die Nacht.

Als Bernhard Sander die Kneipe verließ, glaubte er, wie viele andere, es zöge ein Gewitter heran.

Links von ihm sackte in diesem Augenblick in der Deckung einer mächtigen alten Linde der massige Körper von Professor Fredebold in sich zusammen, durch dessen Inneres sich ein rasch wirkendes, grausames Gift fraß, das er völlig unbemerkt mit seinem letzten Schnaps zu sich genommen hatte.

* * *

Zwei Monate später bekam Bernhard Sander den Kulturpreis des Kreises zuerkannt. Mit der Würdigung gab sich der gedungene Laudator wenig Mühe. Er hätte viel lieber Dr. Ubbo Solms gepriesen, der es »vermochte, mit seinen, verschwenderisch mit Fußnoten und Querverweisen ausgestatteten Biografien, ganze Epochen zu erschließen.«

Oder Elke Zirngiebel-Drochtershagen, deren »rhythmischer Lyrik etwas Asketisches innewohnt, dem alles falsch Blendende fehlt.«

Er hätte auch Jeff Tausig gerne gelobt, dessen Texte als »feinsinnige Wortjonglagen eines literarischen Hochseilkünstlers«, als »fein ziselierte Humorornamentik eines Goldschmieds des Kabaretts« gesehen wurden.

Zuletzt hätte noch Professor August Fredebold als Preisträger zur Verfügung gestanden, der mit seiner »kühlen, unkommentierten Verknappung, mit seinen scharf konturierten Wortfotografien Vergangenes für immer unvergessen macht.«

Am Ende war schließlich nur noch dieser Krimiautor übriggeblieben.

Stinkefinger

Dallas, 27. Juni 1994

Stinkefinger türmte Zwiebeln auf die Wurst. Mehr als üblich. »Noch mehr?«

»Noch mehr. Viel mehr.« Also noch mehr Zwiebeln. Widerlich. Wie konnte man das nur essen? Der nächste wollte den Cadillac. Cadillac wurde selten genommen. Cadillac war mit Preiselbeeren. Bernd hatte dreizehn verschiedene Hotdogs im Angebot: »Cadillac« mit Preiselbeeren, »Mercedes« mit frischen Zwiebeln, »Rover« mit Röstzwiebeln, »Fiat« mit Balsamico-Essig, »VW« mit Sauerkraut, »Ford« mit gehacktem Ei, »Opel« mit Curryketchup, »Toyota« mit Sojakeimlingen, »Porsche« mit Paprikapulver, »Volvo« mit Käsesoße, »Datsun« mit süßsaurer Soße, »BMW« mit geriebenem Käse, »Peugeot« mit Knoblauch und »Trabbi« mit Senf und geschnippelten Spreewaldgurken. Trabbi war der Renner, besonders bei den Touris aus Deutschland. Die Spreewaldgurken kamen zwar aus Milwaukee, aber das schmeckte sowieso keiner.

Nur noch heute und morgen, dachte Finger. Nur noch anderthalb Tage, und das alles würde endlich wieder vorbei sein.

Stinkefinger hieß eigentlich Bernd Finger und kam aus Zwickau. Vor vier Jahren hatte er hier rübergemacht. Wenn schon rübermachen, so hatte er sich gesagt, dann ganz rüber, auf die andere Seite der Erde. Nun ja, eine wirkliche Wahl hatte er damals eigentlich nicht gehabt. Die Kohle, mit der er in den Staaten gelandet war, war so heiß gewesen, dass er geglaubt hatte, die Steppjacke, in die er sie eingenäht hatte, müsse Feuer fangen. Seit einem Dreivierteljahr stand er jetzt täglich mit diesem kleinen Hotdog-Stand vor der Cotton Bowl in Dallas. Seit die Kohle weg war. Autos, Weiber,

Schnaps, ein paar Spielchen ... Finger hatte immer gewusst, wie er an Geld kommen konnte, aber er hatte noch nicht richtig raus, wie man es auch behielt.

Morgen würde hier die Hölle los sein. Bullenhitze, runde fünfzig Grad. Deutschland gegen Südkorea. Schon heute reisten die Fans busseweise an. Schlitzaugen und Deutsche. Sie bekamen auf ihrer Stadtrundfahrt das Stadion gezeigt, in dem morgen das Match stattfinden sollte. Trotz der Hitze futterten sie Hotdogs. Ein krisensicheres Geschäft. Die Stimmung war gut, die Südkoreaner waren neu in der WM. Kaum ernst zu nehmen, die Kerlchen. Finger hörte dauernd: »Olé, Oléoléolé, wir sind die Champions, Olé!«

Nur noch zwei Tage, und diese trübe Episode mit Zwiebeln und Gürkchen würde wieder vorbei sein. Übermorgen würde er wieder im Geld schwimmen. Endlich. Er hatte einen perfekten Deal eingefädelt. 150.000 Dollar hatte er bereits bekommen. Die zweite Hälfte der Summe würde er übermorgen erhalten. Am Morgen nach dem Spiel stand die Übergabe an. Eine herrlich glatte Sache ohne Haken und Ösen. Jemand investierte in einen Vergnügungspark an der Ostküste, den es nicht gab und nie geben würde.

»Six Trabbis pliehs, for mei frändz änd mieh.«

Finger hätte sich fast mit dem Messer geschnitten, mit dem er die Brötchen einritzte. Die Stimme. Das kindliche Kieksen bei den Is. Er traute sich kaum, aufzusehen.

»Stinkefinger?«

»Ingo?«

Ingo Peinemann war der einzige Sohn von Burkhard Peinemann, dem Maschinenfabrikanten vom Niederrhein, der damals, beim großen Einkauf im Osten gleich drei marode

Ostfabriken auf einmal eingesackt hatte. Die Peinemanns waren so reich, die kackten Geld, wenn sie auf den Pott gingen. Ingo, Mitte dreißig, fett, picklig und rothaarig, war leider der Totalausfall im Hause Peinemann. Lange Jahre hatte man ihn in einem Nobelinternat in Süddeutschland erfolgreich aus dem Verkehr gezogen, aber irgendwann hatte man die Lehrer mit Geld so zugeschmiert, dass Ingo das Abitur unerwarteterweise doch noch geschafft hatte, und als einzigen Spross der Familie musste man ihn trotz allem an die Firmengeschäfte heranführen. So ein Blindgänger. Eigentlich hätten bei allem, was er anpackte, gleich die Werkssirenen losheulen müssen. Eigentlich hätte man ihn keinen einzigen Zettel unterschreiben, ihm keinen Schlüssel überantworten, ihm nicht einmal ein eigenes Büro, eine eigene Telefondurchwahl geben dürfen. Man hätte die Kaffeekasse vor ihm wegsperren müssen. Ingo Peinemann war nicht kriminell, das nicht, aber er war doof. So doof, dass es quietschte, wenn er versuchte, zu denken. Er war doof genug gewesen, Bernd Finger, den er auf einer Karnevalsfete kennen gelernt hatte, blind zu vertrauen. Und er war später von Peinemann senior durch sämtliche Flure der Firmenzentrale in Duisburg geprügelt worden, als sich herausstellte, dass sich »Stinkefinger« Bernd mit der knappen halben Million, die er eigentlich heimlich für Ingo hatte verdoppeln sollen, über den großen Teich davongemacht hatte.

Finger hatte schon immer ein großes Talent gehabt, die Doofen in den richtigen Positionen zu finden. In der DDR hatte er blendende Geschäfte mit denen von der SED gemacht, und als die Mauer fiel, hatte ihm auch endlich der Westen offen gestanden. Und er hatte satte Kohle eingefahren. Mit dem fettesten Brocken hatte er sich schließlich aus

138

dem Staub gemacht: mit knapp 500.000 Mark, die angeblich in einen Ferienpark an der Ostsee fließen sollten, den sich Bernd, der schon immer mit großer Fantasie gesegnet gewesen war, von vorne bis hinten ausgedacht hatte. Diesem System war Finger bis heute treu geblieben.

Und jetzt hatte der Doofe ihn gefunden.

»Ich werde verrückt. Stinkefinger!« Ingo glotzte ihn an, als stünde der leibhaftige Yeti vor ihm. »Ich werd bekloppt, ich werd bekloppt.«

Du bist bekloppt, dachte Finger, sagte aber: »Ingo, Mensch, so 'ne Überraschung!«

In Ingos dämlichem Gesichtsausdruck wurden die ersten Zornesfalten sichtbar. »Du verdammte Drecksau«, murmelte er schließlich und steckte das Portemonnaie wieder weg, mit dem er die Runde Hotdogs hatte bezahlen wollen. »Das glaubt mir keiner«, murmelte er weiter und schickte sich an, sich zu seinen Freunden umzudrehen, die ein paar Schritte weiter entfernt standen. Alles sportliche Typen, lachend, gut gelaunt, mit Sonnenbrillen und Netzshirts. Finger ahnte, dass sie sich an Ingo, den reichen Geldsack, nur rangehängt hatten, um zur WM nach Dallas zu kommen. »Hier hast du dich also verkrochen, du Ratte«, sagte Ingo, und seine Stimme wurde vor Aufregung immer kieksiger. Und dann, lauter: »Jungens!«

Fingers Hand schoss nach vorne. »Warte!«

»Warte, was?«

»Warte, Ingo. Lass uns das unter uns ausmachen.«

»Von wegen. Ich hole jetzt meine Freunde, du kleines Stinktier, dann brechen die dir deine Stinkefinger. Und dann gehe ich rüber zu den beiden Bullen da hinten am Tor, und dann wirst du eingebuchtet. In irgendeinen amerikanischen Drecksknast, in dem du verfaulst.«

»Warte!«, zischte Finger und versuchte, Ingos Kumpels, die bereits skeptische Blicke herüberwarfen, nicht aus den Augenwinkeln zu verlieren. »Warte, Ingo. Ich weiß, dass du unheimlich sauer auf mich bist. Ist ja klar. Verstehe ich völlig. Wäre ich auch. Aber du kriegst dein Geld zurück. Auf Heller und Pfennig.«

Ingo guckte ihn dämlich an. Seine Unterlippe hing nach vorne wie die Tülle einer Kaffeekanne.

»Wann?«

»Morgen.« Und dann hob Bernd Finger die linke Augenbraue in die Höhe und senkte die Lider. Das wirkte immer. »Morgen Abend, Ingo. Ich habe da was am Laufen.«

»Morgen Abend?«

»Morgen Abend. Versprochen.«

Die Luft in »King's Bar« war zum Schneiden dick. Bernd hatte das Gefühl, er bewege sich in warmer Sülze. Träge rührten die drei altersschwachen Ventilatoren das Gemisch aus Hitze, Schweiß und Zigarettenmief um, ohne Kühlung zu bringen. Ramon links neben ihm hatte eine fürchterliche Laune. Seine Landsleute spielten gegen die dreckigen Schweizer, und er kochte vor Wut. Andres Escobar, diese Flasche, hatte ein Eigentor geschossen. Dieser Idiot schoss ins falsche Tor! Für Kolumbien war die WM gelaufen, und Ramon kippte einen Bourbon nach dem anderen.

Finger lehnte neben ihm an der Theke und schüttelte fortwährend den Kopf. »Du glaubst, du hättest Sorgen, Ramon? Ich habe Sorgen. Ich bin im Arsch, wenn mir nicht was einfällt. Er weiß, wo ich wohne, und er hat meinen Pass. Verflucht!« Finger trank Tequila.

Die beiden standen in der Bar von Abraham »King« Chi-

140

kowskys in der Cedar Springs Road. Der kleine, dreckige Laden war im Erdgeschoss des hässlichen Backsteinbaus untergebracht, in dem Fingers Wohnung im dritten Stock lag. Rechts über ihren Köpfen flimmerte das Spiel aus San Francisco über den Bildschirm.

Ingo war ein echtes Problem. Finger saß regelrecht in der Falle. Womöglich konnte es ihm gelingen, zu fliehen, aber das hieß, neu anzufangen und alles zurückzulassen. Vor allem auf die für übermorgen früh ausstehende Asche würde er nur ungern verzichten.

»Tonto! Imbécil! Cara frita!«, rief Ramon und knallte sein leeres Glas auf die Theke. »Man müsste ihn erschießen wie einen Schrottplatzköter! Erschießen!«

In diesem Moment wurde Finger klar, dass dies wahrscheinlich die einzige Möglichkeit war. Ja, es führte kein Weg daran vorbei: Ingo musste verschwinden, sonst würde sein Deal platzen, und er würde nicht mal die erste Hälfte der Kohle ausgeben können, weil er nämlich im Knast schmoren würde. Man würde ihn nach Deutschland ausliefern, und das war eigentlich das Schlimmste an der Sache. Nach Deutschland wollte er auf keinen Fall zurück! In Dallas kannte man sich doch nun wirklich aus mit Liquidationen.

»King, hör mal«, sagte er gedehnt. Der dicke, alte Wirt beugte sich über den Tresen zu ihm herüber. Er legte sein stoppeliges Kinn auf seine behaarten Arme und schenkte ihm einen geduldigen Dackelblick. Er war ein guter Zuhörer und er kannte das Leben in all seinen schmutziggrauen Schattierungen. »Was denn, Jüngelchen?« King konnte nichts aus der Ruhe bringen.

»Wenn man eine Kakerlake hat. Eine richtig fette, die einem das Leben unerträglich macht. Was muss man tun?

Wie wird man die los? Für immer …« Finger hob vielsagend die linke Augenbraue.

King seufzte und kratzte sich hinterm linken Ohr. »So ein richtig ekliges Ding?«

»Ein richtig fieses Monstrum. Eigentlich sind es sechs. Aber eins ist darunter, das unbedingt weg muss.«

»Sechs? Hm. Sechs sind viele. Wir fragen Mamie.« Er schob den Vorhang hinter der Theke eine Handbreit zur Seite. »Mamie!«

Wenige Minuten später kam Mamie aus der Küche. Aus ihrem Damenbart tropfte Schweiß. Sie pulte sich Reste von Teig unter den Fingernägeln raus und legte das Doppelkinn auf die riesige Brust.

»Tja, Jungs, ich habe da einen Schwager in Mesquite, der kennt sich aus mit Schädlingsbekämpfung. Ist'n harter Job. Kostet was.«

Finger setzte in freudiger Erwartung ein breites Grinsen auf. »Ich habe Geld!«

»Nicht genug, Knäbchen!«

»Doch, doch, sicher. Genug Kohle. Was kostet es?« Er trommelte nervös mit den Fingern auf der schmierigen Theke herum. Diese Investition würde sich lohnen. Neben ihm kippte Ramon seinen elften Whisky und fluchte wieder leise in seiner Heimatsprache.

Mamie und King sahen sich einen Moment lang an, dann bedeutete Mamie Finger, zu ihr in die Küche zu kommen.

Es roch nach frisch Gebackenem. Mamie war eine dreckige alte Schlampe, aber was sie kochte und buk, war nicht übel. Sie ließ ihren massigen Körper auf einen klapprigen Küchenstuhl sinken und trank an einem Bier. »Wer ist es?«

»Sie sind zu sechst und sie kommen aus Deutschland.

142

Aber es ist nur einer, der mir wirklich gefährlich werden kann. Der Typ, der vorhin auf der anderen Straßenseite gestanden hat, als ich reingekommen bin. Er hat mich hierher begleitet, und er hat mich bei den Eiern, Mamie.«

Mamie lachte kollernd. »Du kleines, deutsches Würstchen. Ganz schön lustig, dich in der Klemme zu sehen.« Dann zupfte sie ihr zerschlissenes Dekolleté zurecht und fragte ernst. »Sechs?«

»Wie gesagt, eigentlich nur einer.«

»Und du hast die Kohle?«

Finger nickte eifrig. »Habe ich. Ich habe gerade ein fettes Ding geritzt. Es ist gut versteckt, oben in meiner Wohnung. Wenn du also jemanden weißt …«

Sie kratzte sich am Kinn, erhob sich ächzend und ging zu einem Telefon, das an der Wand hing. Aus dem Gedächtnis tippte sie eine elend lange Nummer und presste dann den Hörer ans rechte Ohr. Auch hier in der Küche flimmerte ein Fernseher. Er stand auf dem Kühlschrank, und die Bilder der ausländischen Fußballspieler waren unscharf und stumm. Mamies Blick ging ins Leere, bis die Verbindung zustande kam.

»Hallo Bren, hier ist Mamie. Ist Hitch da, Schätzchen? … Okay, ich warte.« Mamie verstummte erneut, bevor ihr Gesicht mit einem Mal sehr sanft wurde. »Hitch, mein kleiner Augenstern. Kannst du mal auf ein Bier rüberkommen? Ich möchte dir gerne jemanden vorstellen.«

Hitch war ein Punk mit weißblonder Igelfrisur, der sich nach jedem dritten Wort die Nase hochzog. Wahrscheinlich hatte er sich die Scheidewand weggekokst. »Mamie sagt« … Schnief … »sechs?« Finger glaubte, ihn mal am Hotdog-Stand bedient zu haben. Vermutlich »Ford«. Hitch war so ein

»Gehacktes Ei«-Typ.

Finger wedelte abwehrend mit den Händen. »Nein, nein. Es ist einer, der weg muss. Wenn der verschwunden ist, können mir die anderen nicht mehr gefährlich werden.«

»Sechs« … Schnief … »Mamie sagt, sechs.« Hitch lehnte sich auf dem Fensterbrett in Fingers Wohnung auf. Er schob vorsichtig die Gardine ein wenig zur Seite und blickte in die Nacht. »Seh nix« … Schnief … »Wo sind die?«

»Keine Ahnung. Ich glaube …« Finger starrte nach draußen. »… ja, da vorne sind zwei von seinen Kumpels. Da läuft grad die Wachablösung.« Er sah, wie zwei von Ingos Freunden auf der anderen Straßenseite ein paar Worte wechselten und rauchten.

»Und die Kohle?«

Finger verschwand im Badezimmer und bückte sich zur Badewanne hinunter. Ein paar Kacheln waren lose, wie überhaupt in dieser Bude alles irgendwie lose und wacklig war, aber nur hinter einer der blassgelben Kacheln steckte das Geld. Er fischte ein paar Scheine aus der raschelnden Tüte und ging zurück in das Zimmer, in dem Hitch immer noch am Fenster stand. Die Straße vor dem Haus war hell erleuchtet, im Zimmer brannte nur eine kleine Lampe auf der Kleiderkommode.

»Fünfzehn Riesen. Reicht das?«

Hitch blätterte lässig die Scheine durch. »Lotterie?«

»So ähnlich«, sagte Finger, mittlerweile sehr angespannt. Er guckte wieder aus dem Fenster. Die beiden Männer schüttelten einander gerade die Hand.

Hitch schniefte, holte sein Handy hervor und tippte eine Nummer.

»Wen rufst du an?«

Keine Antwort. Die Verbindung wurde hergestellt. »Alles okay«, sagte Hitch ohne Emotion. »Kann losgehen«, knurrte er. »Zwei Mann vor dem Waschsalon. Einer mit 'nem bunten Hawaiihemd und einer mit Vollglatze.«

Die Sache lief im Zeitraffer ab. Bevor Finger begriff, was geschah, schoss von Norden her eine verbeulte gelbe Karre heran und kam vor den beiden Deutschen mit quietschenden Reifen zum Stehen. Vier Mann mit Baseballschlägern sprangen heraus und auf die beiden zu. Ein Tumult entstand. Passanten blieben stehen, wagten es aber nicht, einzugreifen, als die beiden Männer in das Auto gezerrt wurden. Mit erneut quietschenden Reifen schoss der Wagen wieder davon.

Finger riss die Arme in die Höhe. »Scheiße, Hitch, das ist doch gar nicht der, den ich meine. Verflucht, das sind zwei seiner Aufpasser. Die können mir gar nichts. Lass sie laufen, Mann, lass sie laufen!«

Hitch runzelte die Stirn, schniefte, tippte auf seinem Handy herum und wechselte ein paar genuschelte Worte mit jemandem am anderen Ende. Wenige Augenblicke später sagte er knapp: »Zu spät.«

»Zu spät? Zu spät? Was heißt zu spät?«

»Nicht mehr früh genug« … Schnief …«Schon erledigt.«

»Hör mal, Hitch, das war großer Mist …«

Hitch schloss die Augen, um angestrengt nachzudenken. »Okay, für die zwei berechne ich nur einen Preis.«

»Und Ingo Peineberg? Der, der weg muss?«

»Ist so gut wie weg. Für noch mal fünfzehn.«

Entnervt verschwand Finger erneut im Badezimmer und blätterte wenige Momente später die abgezählten Scheine in Hitchs ausgestreckte Hand.

Zweieinhalb Stunden später klingelte Fingers Handy. Er war gerade erst eingeschlafen und schreckte schweißgebadet hoch. Die Nummer, die angezeigt wurde, sagte ihm nichts.

»Schnief«, hörte er am anderen Ende, während seine Hand nach dem Lichtschalter tastete. »Gute Neuigkeiten, Finger.«

»Habt ihr ihn?«

»Der Typ, den du beschrieben hast, ist vorhin noch mal aufgetaucht. Sucht wahrscheinlich seine Jungs. Wir sind ihm gefolgt. Pennt in 'nem Hotel in« … Schnief … »Cockrell Hill. Ich bring dir sein Ohr.«

»Du brauchst mir nicht …«

»Ich bring dir morgen früh sein … Schnief … Ohr. Du sollst sehen, wofür du bezahlt hast.«

Finger war zu erschöpft, um sich zu wehren. »Meinetwegen, Hitch, meinetwegen.«

Als Bernd Finger am nächsten Morgen im Hinterhof seinen Hotdog-Wagen bestückte, stellte er fest, dass die Sojakeimlinge alle waren, und er strich den Toyota von der Speisekarte.

Mamie grüßte ihn durch das Fliegengitter des Küchenfensters hindurch. »Ist Hitch nicht ein echter Zuckerjunge?«

Er brummte etwas Unverständliches und wandte ihr den Rücken zu.

Danach bezog er seinen Standplatz vor dem Stadion. Als Hitch auftauchte, stand die Sonne bereits hoch am Himmel.

»Mach mir'n Ford«, sagte Hitch grienend und kramte eine Plastiktüte aus seiner Jackentasche.

Ford. Finger registrierte beiläufig, dass er mit dem gehackten Ei richtig gelegen hatte.

Während er den Hotdog fabrizierte, packte Hitch

umständlich ein menschliches Ohr aus dem Kunststoff. »Ist das linke.« … Schnief.

Finger glaubte nicht, was er sah. »Da ist ja'n Ohrring dran.«

»Kannste« … Schnief … »behalten.«

»Ingo trägt keinen Ohrring, Mann!« Finger bemühte sich, nicht loszubrüllen.

»Wer sagt das?«

»Ich sage das! Ich! Ich! Der Typ, der mich bedroht, trägt keinen Ohrring …« Und in diesem Moment erkannte er in der Ferne Ingo Peinemanns unförmige Gestalt. »…und er hat auch noch beide Ohren.«

Ingo Peinemann trank an einer Colaflasche. Die beiden noch verbliebenen Kumpels gesellten sich in diesem Moment zu ihm, und zu dritt steuerten sie die Hotdog-Bude an.

»Verzieh dich«, zischte Finger.

»Pass auf, Finger. Noch mal fünfzehn, und ich …«

»Ich hab dir schon ein Ohr bezahlt, das ich gar nicht …«

»Fünfzehn Riesen, und du bist ihn« … Schnief …«endgültig los, Junge!«

Finger malmte mit den Kiefern. »Meinetwegen. Noch ein Versuch, Hitch. Noch ein elender Versuch!«

»Wir sind noch im Geschäft, Junge«, raunte Hitch verschwörerisch.

»Verzieh dich!« Im letzten Moment ließ Finger das Ohr in den Papierkorb verschwinden.

Ingo Peinemann und seine Kumpane erreichten die Bude. »Zwei Volvo und ein Datsun«, sagte Ingo tonlos. Er schien angespannt. »Heute Abend, Stinkefinger, heute Abend.«

Hitch rief um kurz vor acht an, gerade, als Finger damit begonnen hatte, endgültig seine Klamotten zu packen.

»Komm runter und bring die Kohle mit. Schnell!«

Finger stürzte ans Fenster. Hitch stand dort unten in der beginnenden Dämmerung auf dem Bürgersteig und wedelte mit den Armen. Seine weißblonden Haare leuchteten geradezu.

Finger zögerte einen kurzen Augenblick. War dies die letzte Gelegenheit? Das gesamte Geld aus dem Badezimmerversteck hatte er bereits in einer Umhängetasche verstaut. Die Übergabe der restlichen Summe aus dem großen Deal hatte er längst abgeschrieben. Wenn er Ingo heute Abend nicht seine gesamte Kohle wiedergeben würde, würde der mit den Bullen anrücken, keine Frage. Und eine halbe Million hatte er nun mal nicht mehr.

Hitch würde kaum noch etwas ausrichten können. Oder doch?

Finger betrachtete skeptisch sein Bild im Spiegel der Kommode. Schließlich gab er sich einen Ruck und lief die Treppen hinunter.

Im Erdgeschoss wäre er fast gegen King gerannt, der damit beschäftigt war, Pakete auszupacken. »Läufts rund, Finger?«, fragte er heiser.

»Kann ich dir noch nicht sagen, King«, rief er und rannte aus dem Haus.

Hitch empfing ihn mit ungewöhnlich hektischen Gesten und erläuterte unter nervösem Geschniefe die Situation, während sie in Hitchs Karre, einen alten, rostfleckigen Mustang, einstiegen.

Ingo Peinemann und seine beiden Freunde warteten offenbar in einem Leihwagen an einem kleinen Teich am Stadtrand von Irving. Dies war der Treffpunkt, den Finger seinem alten deutschen Geschäftspartner auf Hitchs Anraten hin vorgeschlagen hatte.

Sie näherten sich dem Treffpunkt von Norden über den Walton Walker Boulevard. Der kleine Teich lag am Rande einer alten Kiesgrube, und in der Ferne konnte man die Häuser der ersten Siedlung von Irving erkennen.

Ingos Leihwagen war ein silberner Hyundai. Sie konnten die Schemen der Deutschen erkennen, als sie vorsichtig über die staubige Straße heranrollten und in fünfhundert Metern Entfernung im Schatten der Sträucher stehen blieben. Sie stiegen aus, und Hitch legte den Finger auf die Lippen. Die Geräusche des Boulevards waren in der Ferne zu hören. Grillen raspelten unermüdlich. Sonst war es ungewöhnlich still.

Im nächsten Augenblick schniefte Hitch ganz leise, zückte wieder sein Handy, drückte die Wahlwiederholungstaste und flüsterte: »Los geht's.«

Drei Männer sprangen aus den Büschen und liefen mit gezogenen Waffen auf den Leihwagen zu. Wieder lief alles blitzschnell ab. Es war kaum etwas zu hören, als sie die Türen aufrissen und ohne Zögern in den Wagen schossen. Sie benutzten Schalldämpfer. Dann beugte sich einer von ihnen in den Innenraum, und die beiden anderen nahmen hinter dem Auto Aufstellung. Und schließlich schoben sie den Wagen zu dritt scheinbar mühelos ins Wasser des Teichs. Ein paar aufsteigende Luftblasen verursachten beinahe die einzigen Geräusche.

Finger starrte wie gebannt auf die Szenerie. Er konnte sein Glück kaum fassen. Hitch grinste ihn triumphierend an, als die drei Männer atemlos bei ihnen am Auto ankamen. Ein Schwarzer, ein Rothaariger und ein Südamerikaner mit schwarzem Bart. »Na, wie haben wir das« … Schnief … »gemacht?« Hitch rieb sich die weißen Hände.

In diesem Augenblick erkannten sie in der Ferne den dicken Ingo Peinemann, der vom Pinkeln zurückkam, sich den Reißverschluss der Hose zuzurrte und wenige Momente später ratlos nach dem Auto und seinen Freunden Ausschau hielt.

Finger, der schon die Hand in die Umhängetasche gesteckt hatte, um die vereinbarten Scheine hervorzufischen, senkte wütend die Augenbrauen. »Du verdammter Versager«, knurrte er, und seine Stimme schwoll langsam drohend an. »Du bekifftes, durchgeknalltes Stück Scheiße …« Hitchs Hand legte sich auf seinen Mund. Er wurde in den Wagen gestoßen.

»Eine letzte Chance … Schnief … gib uns eine letzte Chance!«

»Einen Scheißdreck werd ich tun!«

»Gib uns die vereinbarte Kohle, und dann … Schnief … berechnen wir beim nächste Mal nur zwei Drittel.«

»Du hast schon Dreißigtausend! Für nichts und wieder nichts. Fahr mich nach Hause!«

»Das Geld! Wir hatten noch mal fünfzehn vereinbart.«

»Es gibt kein Geld. Fahr mich nach …«

In diesem Moment quollen inmitten des Handgemenges die ersten Scheine aus der Umhängetasche und ließen erkennen, dass dort drinnen noch mehr schlummerte. Die Männer warfen einander hektische Blicke zu. Dann wurde ein Messer aufgeklappt.

Finger wollte das Fenster aufreißen und schreien, aber Hitch nahm ihn in den Schwitzkasten, damit der Schwarze besser zustechen konnte. Sie schlitzten ihn auf wie ein Hotdog-Brötchen.

Ingo Peineberg flog zwei Wochen später mutterseelenallein von New York nach Hause. Seine angeblichen Kumpels aus Deutschland hatten ihn ganz schön im Stich gelassen. So was passierte ihm nicht zum ersten Mal. Auch Bertis Buben hatten ihn beim Kampf gegen die Bulgaren enttäuscht. Matthäus hatte zwar einen Elfmeter verwandelt, aber Völlers Tor war nicht anerkannt worden, und Strunz hatte total versagt.

Ingo verließ die USA außerdem ohne sein Geld und ohne Finger noch einmal wieder gesehen zu haben. Bernd Finger war unauffindbar. Einfach abgetaucht. Ingo sagte sich, dass er gleich zur Polizei hätte gehen sollen, und nicht erst nach dem Spiel in Dallas. Die Bullen waren sowieso total genervt wegen der WM und machten in seinem Fall nur das Nötigste. Zusammen mit zwei Polizisten war er in die Wohnung des kleinen Scheißkerls eingedrungen und hatte leere Schränke und eine leere Plastiktüte im Badezimmer vorgefunden. Stinkefinger war einfach von der Bildfläche verschwunden.

Der einzige Stinkefinger, den Ingo noch zu sehen bekommen hatte, war der ausgestreckte Mittelfinger von Stefan Effenberg gewesen, als dieser in Dallas nach 75 Minuten ausgewechselt worden war.

Der Kolumbianer Andres Escobar wurde nach seiner Heimkehr für sein Eigentor bestraft, indem man ihn aus einem Hinterhalt erschoss.

Der Teeflüsterer

Fräulein Amsel und Herr Pietsch arbeiten zusammen im Großraumbüro. Wenn sie ihre Haare hochgesteckt hat, kann er sie über die Regalreihe hinweg sehen. Jedenfalls die obere Hälfte ihres Dutts. Sie bearbeitet A bis C, er M bis O.

Und jetzt hat er sie eingeladen. Einfach so. Beim Anstehen in der Kantine hat er sich dreimal geräuspert und mit rauer Stimme gekrächzt: »Sollen wir nicht mal zusammen was unternehmen, Fräulein Amsel?«

Scheu hat sie auf ihr Bohnengemüse gestarrt und geflüstert: »Das wäre ganz reizend.«

Es ist sein erstes Rendezvous seit vielen Jahren. Ob er das überhaupt noch kann?

»Die da?«, fragt sein Kumpel Bürste, der ihn nach der Arbeit mit dem Auto abholt. »Na ja, warum nicht. Dutt weg, Brille weg, Kniestrümpfe weg ... könnte hinhauen.«

Pietsch kaut nervös auf seiner Unterlippe. »Jungejunge, hoffentlich geht das gut.«

»Wird schon laufen. Wo geht ihr hin? Kneipe? Kino? Chinapalast?«

»Sie kommt zum Tee zu mir.«

»Zum Tee?«

»Sie trinkt gern Tee.«

»Zu dir?«

Pietsch nickt zerknirscht.

Bürste grinst und kaut schmatzend Kaugummi. »Gleich in die Vollen? Mein lieber Schieber ... Du ziehst sie gleich durch? Hätt' ich nicht gedacht!«

»Wir trinken Tee. Nichts sonst.«

»Nee klar. Tee. Sicher.« Als Bürste den Wagen startet, rammt er Pietsch den Ellenbogen in die Seite, dass es schmerzt. »Und wenn Du Tipps brauchst ... Anruf genügt.«

Bürste ist ein cooler Typ, ein Aufreißer. Pietsch sieht aus wie ein Glas Milch.

Bürste hilft immer gern, aber Pietsch denkt, dass er das lieber alleine erledigen will.

Am Sonntagnachmittag lässt er prüfend den Blick über den Tisch wandern. Nun gut, dann muss es eben Büchsenmilch sein statt Sahne. Seine Hand zittert. Immerhin hat er braunen Zucker. Fräulein Amsel kennt sich genau aus. Er möchte keinen Fehler machen! Am liebsten hätte er diese englischen Teeküchlein gebacken, aber er ist auf Nummer Sicher gegangen und hat Nussecken gekauft. Bloß kein Risiko eingehen.

Als es an der Tür läutet, fährt sich Pietsch ein letztes Mal vor dem Spiegel durch die Haare. Brille gerade rücken. Alles perfekt.

Fräulein Amsel steht vor der Haustür. Ihr weißer Rüschenkragen strahlt, hinter der Brille zwinkern nervös zwei kleine Äugelchen. »Bin ich zu spät?«

»Genau richtig«, sagt Pietsch lächelnd und weicht ihrem Blick aus.

Pietsch hilft ihr aus dem Mantel. Es riecht dezent nach Eau de Cologne.

Er hat zehn Margeriten in eine kleine, bauchige Vase gestellt und findet, dass es eigentlich ganz gemütlich bei ihm aussieht.

Fräulein Amsel auch. »Sie haben es aber gemütlich«, haucht sie und setzt sich auf den Sessel, den er ihr angeboten hat.

»Ich hole den Tee«, sagt er leise und schiebt ihr ein Porzellanschälchen mit Konfekt hin. »Wenn Sie inzwischen ...«

Sie kichert mädchenhaft. »Aber gerne.«

Da klingelt es ein weiteres Mal an der Tür. Halb fünf am Sonntag ... Wer könnte das sein? Pietsch verschwindet mit einem entschuldigenden Achselzucken im Hausflur.

Vor der Tür steht Bürste und kaut Kaugummi. »Und? Schon gelandet?«

»Wir wollen gerade Tee trinken.«

»Likörchen angeboten?«

»Nein, wir ...«

Von irgendwoher zaubert Bürste eine kleine Flasche mit öliger roter Flüssigkeit hervor.

»Schlehe, Fünfundvierzig Umdrehungen. Hat noch jede Schraube gelockert.«

»Nein, nein, wir ...«

Bürste drückt ihm die Flasche in die Hand. »Nimm. Nur nichts dem Zufall überlassen.«

Pietsch bedankt sich und will wieder ins Haus, als Bürste ihn am Ärmel packt. »Du hast das da drinnen doch im Griff, oder?«

»Jaja.«

»Sonst ruf mich an.«

»Natürlich, klar.«

Im Wohnzimmer sagt Pietsch gequält lächelnd: »Zeugen Jehovas.«

»Sonntags?« Sie schüttelt fassungslos den Kopf und deutet auf die Flasche.

»Für später, dachte ich.«

Sie nickt verschämt. »Später vielleicht ein ganz, ganz kleines.«

»Jetzt hole ich den Tee.«

Er stellt in der Küche die Zuckerdose und das Milchkännchen auf das Tablett. Als er dampfendes Wasser auf die Teeblättchen kippt, die sich in der Kanne geradezu wohlig zu entfalten scheinen, geht er noch einmal alles durch. Wenn es gut läuft, werde ich ihr vielleicht beim Abschied das Du anbieten, denkt er. Das wäre zu schön um wahr zu sein.

Da hämmert es an die Fensterscheibe, und vor Schreck lässt Pietsch den Teelöffel durch die Luft wirbeln. Bürste gestikuliert wild und bedeutet ihm, das Fenster zu öffnen.

Mit hämmerndem Herzen macht Pietsch auf. »Bist von allen guten ... mich so ... Du kannst doch nicht ...« Er muss nach Luft schnappen.

Bürste kichert albern. »Außer Atem? Schon beim Nahkampf?«

»Wir wollen Tee trinken.«

»Tee, klar.« Er rappelt mit einer kleinen Schachtel. »Hab ich vorhin vergessen. Voll wichtig!«

Pietsch kann nicht glauben, was er sieht. Kondome. Er wedelt abwehrend mit den Händen. »Hör mal, Bürste, das muss wirklich nicht ...«

Bürste versucht unbeirrt, ihm die Schachtel in die Hand zu drücken. »Zwölferpack. Für alle Fälle.« Pietsch wehrt sich, die Schachtel geht auf, die Kondome purzeln über das Tablett und die Arbeitsplatte.

Zornig schließt Pietsch das Fenster, und als er den Vorhang zuzieht, sieht er noch Bürstes hochgereckten Daumen und zwei blinkende Zahnreihen, die den Kaugummi bearbeiten.

Er rafft die Kondompäckchen zusammen und wirft sie zusammen mit der Schachtel in den Mülleimer.

Hat er den Tee lange genug ziehen lassen? Wahrscheinlich schon. Er zieht das Teesieb heraus, lässt es abtropfen und atmet tief durch. Dann trägt er das Tablett ins Wohnzimmer.

Fräulein Amsel hat ein Schokoladenkleckschen im Mundwinkel. Niedlich.

»Tee, das Getränk, das munter macht, aber nicht berauscht«, sagt sie, als er eingießt.

»Inspirierend und belebend«, stimmt er mit sanfter Stimme zu.

Sie schnuppern an ihren Tassen, schließen genießerisch die Augen und seufzen entspannt.

Da ist plötzlich ein Schatten am Fenster.

Bürste fuchtelt in der Dämmerung herum. Er deutet ins Innere des Hauses in Richtung der Stereoanlage und klopft sich mit der flachen Hand aufs Ohr. Zum Glück sieht ihn Fräulein Amsel nicht. Sie rührt gerade Büchsenmilch in ihren Tee.

»Ich hatte keine Sahne«, stammelt Pietsch entschuldigend und zieht hinter ihrem Rücken rasch die Vorhänge zu. Als sie ihn fragend anblickt, murmelt er: »Bisschen hell.« Dabei geht die Sonne schon unter.

Dann sitzen sie einander gegenüber, knabbern Nussecken und schlürfen Tee. Um die Unterhaltung in Schwung zu bringen, sagt er die lustigsten Namen von M bis O. Er hat welche, die Mehlhose und Möhrenschläger heißen. Ihre lustigsten Klienten hören auf die Namen Bratengeier und Bierwind. Unschuldige Späße. So könnte das ewig weitergehen. Pietsch verspürt einen Hauch von Glück.

Eine ungenaue Bewegung im Halbdunkel beim Regal, dann ein kaum wahrnehmbarer Schatten im Durchgang zum Flur! Pietsch merkt es sofort. Jemand ist ins Haus eingedrungen!

»Ich mache noch Gurkensandwiches«, stammelt Pietsch

158

und springt auf, um das Schlimmste zu verhindern.

Zu spät! Es wird laut.

Die Stereoanlage im Regal wird wie von Geisterhand eingeschaltet, und der schwüle Sound von *Je t'aime* wabert durch den Raum. Frau Amsel lässt sich nichts anmerken und rührt energisch und mit gefurchter Stirn in ihrer Teetasse. Ihr Klimpern mischt sich unter das Gestöhne von Jane Birkin.

Pietsch stolpert panisch auf die Garderobe neben dem Durchgang zu. Zwischen den Mänteln erkennt er Bürstes Hände, die die Fernbedienung halten. Es entbrennt ein stummer Zweikampf, währenddessen Jane Birkin immer wieder ein paar Takte lang aufstöhnt und dann auch gleich wieder verstummt. Die Lautstärke schwillt an und ab.

»Bisschen Stimmung«, wispert Bürste hinter dem beigefarbenen Lodenmantel. »Vertrau mir!«

Pietsch entreißt ihm die Fernbedienung, würgt Jane Birkin ein letztes Mal ab und schubst Bürste ins angrenzende Badezimmer. »Bin gleich wieder da!«, ruft er zu Fräulein Amsel, und an Bürste gewandt zischt er: »Wie bist du reingekommen?«

»Schlafzimmerfenster. Ich habe schon mal die Heizung angedreht und ein bisschen die Luft parfümiert. War ja kalt wie im Gefrierfach da drin. Geht doch nicht. Oder machst du's gleich im Wohnzimmer?«

»Wir trinken Tee, Bürste! Tee!«, nuschelt Pietsch mühsam beherrscht.

Bürste nimmt ihm, bevor er sich wehren kann, die Brille ab und besprenkelt ihn mit aufdringlichem Rasierwasser.

»Meine Brille!«

»Muss heute mal ohne gehen! Zieh den fiesen Pullunder aus!«

»Was?«

»Pullunder aus! Du siehst aus wie mein Opa.«

»Der Pullunder bleibt an!«

Wortlos drückt ihm Bürste ein Würmchen Zahnpasta auf den Pullunder und verreibt es.

Pietsch schnappt nach Luft. »Also, Bürste, wirklich ...« Pietsch zieht den Pullunder aus.

»Den obersten Knopf auf!«

»Wieso, ich ...«

Bürste packt zu. Knöpfe prasseln zu Boden. Das Hemd klafft bis zum Bauchnabel auf.

»Lass dir doch mal helfen, Mann. Jetzt geh und leg sie flach!«

Ohne dass Pietsch das vereiteln kann, öffnet Bürste die Tür und schubst ihn hinaus. Pietsch stolpert um die Ecke, das Hemd aus der Hose gerupft, die weiße Brust leuchtet zwischen den kleinen Karos hervor. Mit festem Griff umklammert er die Fernbedienung. Er kann Fräulein Amsel ohne Brille undeutlich erkennen und nähert sich ihr. Vor dem Tisch lässt er sich unsicher nieder.

Es läuft ihm heiß und kalt über den Rücken, als er trotz fehlender Brille den Zipfel eines Kondomtütchens in der Zuckerdose entdeckt. Seine Ohren glühen wie zwei Herdplatten.

»Der Tee treibt so«, murmelt Fräulein Amsel sehr ernst. »Dürfte ich mal Ihre Toilette benutzen?«

»Toilette? Moment!«, schreit Pietsch fast und läuft zurück. Das Badezimmer ist leer. Gefahr gebannt. Doch wo ist Bürste?

Als Fräulein Amsel im Badezimmer verschwunden ist, streicht er durch die Wohnung. Im Schlafzimmer? Nein. Dafür stinkt es wie im Bordell und die Temperatur ist tropisch. Kerzen flackern. Kaum zu glauben. Im Wohnzimmer?

Nein. Mit zitternder Hand klaubt er das Kondom aus dem braunen Zucker und verstreut dabei achtlos die Würfel über den Tisch. In der Küche? Auch nicht.

Als er ins Wohnzimmer zurückkehrt, fährt ihm erneut der Schreck in die Glieder.

Bürste kniet mit zwischen den Lippen eingeklemmter Zunge vor dem Videorecorder und hat soeben eine Kassette eingeschoben. »Wo geht das Ding denn an?«, flüstert er.

»Lass das, Bürste!«

»Zwei Neger und eine Blondine. Ohne langen Vorspann. Das zündet, kannste mir glauben!«

»Finger weg, hörst du!«

Die Toilettenspülung rauscht.

»Los, verschwinde!«

»Mann, Pietsch. So klappt das nie im Leben!« Bürste robbt in dem Moment hinter das Sofa, in dem Fräulein Amsel zurückkehrt.

Der Fernseher knistert unvermittelt, und das Bild flackert auf. Pietschs Nackenhaare sträuben sich, als er Bürstes Hand wieder hinter dem Sofa verschwinden sieht. Mit einem kaum unterdrückten Aufschrei schubst er seinen Gast kurzerhand ins Schlafzimmer.

»Aber Herr Pietsch!«

»Später, Fräulein Amsel, später!«

Im Hintergrund agieren jetzt zwei Farbige und eine Blondine mit geradezu artistischem Geschick, begleitet von beachtlichem Gestöhne. Gleich neben der Garderobe ist der Sicherungskasten. Pietsch öffnet ihn panisch. Ein Handgriff, und es wird schlagartig still und dunkel.

Bürste, ich bring dich um, denkt Pietsch. Mein Rendezvous, mein schönes Rendezvous!

»Was soll das, Herr Pietsch?« Ihre Stimme kommt dünn und zitternd durch die Tür.

»Überraschung, Fräulein Amsel, Überraschung! Nur ein kleines Momentchen noch!«

Er schleicht voran und kollidiert dank der fehlenden Brille, der zugezogenen Vorhänge und der ausgeschalteten Sicherungen mit sämtlichen Möbelstücken seines Wohnzimmers.

»Was sind denn das für seltsame Hefte auf Ihrem Nachttisch?«, fragt Fräulein Amsel leise im Nebenraum.

»Wo bist du, Bürste?«, zischt Pietsch.

»Also, Herr Pietsch, das hätte ich nicht gedacht ...« Fräulein Amsel klingt verstört. »Wir wollten doch nur eine Tasse Tee trinken ... und jetzt dieser Geruch, diese Hefte, die Musik. Herr Pietsch, ich weiß wirklich nicht, was ich davon halten soll. Wirklich nicht!«

Pietsch schleicht sich fast geräuschlos in die Küche.

Er sucht im Dunkeln nach einem Messer. Der Wasserkessel fällt scheppert hin. Schubladen poltern mitsamt ihrem Inhalt auf den Boden. Besteck klimpert auf den Fliesen.

»Bürste«, flüstert er heiser, als er kurze Zeit später ins Wohnzimmer zurückschleicht. »Deine letzte Chance. Ich will in Ruhe Tee trinken mit Fräulein Amsel.«

Pietsch ist jetzt ein einsamer Wolf, der durch den nächtlichen Wald schleicht. Hier sind nur noch er und seine Beute.

Er lauscht in die Stille hinein.

Er kann einzelne Gegenstände erkennen.

Er glaubt, Bürste wittern zu können.

Da kichert Fräulein Amsel im Schlafzimmer.

Als er die Tür aufreißt, kann er sie unscharf im flackernden Kerzenschein erkennen.

Fräulein Amsel liegt auf dem Bett und windet sich lasziv.

Ihr Dutt hat sich gelöst, ihre Brille liegt auf dem Nachttisch, ihre Kniestrümpfe auf dem Boden. Die fast leere Likörflasche steht neben dem Bett.

»Eine Granate!«, flüstert jetzt Bürste links neben ihm aus dem Dunkel und zieht sich gerade die Unterhose wieder an. »Alles vorbereitet. Nichts zu danken.« Seine weißen Zähne leuchten im Dunkeln.

Das tanzende Kerzenlicht malt wilde Schatten auf die Blümchentapete.

Um Pietsch herum dreht sich jetzt alles, die parfümierte Luft nimmt ihm den Atem.

Dann hebt er langsam das Messer in die Höhe. Ein leises Jammern quält sich seine Kehle empor und verwandelt sich in den Schrei einer wilden Bestie, während er wieder und wieder zusticht.

Waldesruh

Dicke Nichten dichten
im Fichtendickicht.

Am meisten liebe ich die Ruhe. Oh, ja, die Ruhe und den Frieden rings um mich her. Bienen summen, ein paar Vögel zwitschern, der Wind summt dann und wann eine melancholische Melodie.

Fast schäme ich mich, wenn die lauten Schläge meiner Axt diese kleine friedvolle Sinfonie stören. Und doch muss es sein. Ich bin gern im Wald, er ist mein Zuhause. In Räumen mit vier Wänden fühle ich mich beengt.

Frau Konsul hat mich angestellt, damit ich in ihrem Wald nach dem Rechten sehe. Ein ausgedehntes Gebiet voller Laubbäume und Fichten, voller geheimnisvoller Senken und sonnendurchfluteter Lichtungen. Ein Märchenwald, der sich, am parkähnlichen Garten der alten Villa anschließend, viele Kilometer nordwärts erstreckt.

Heute repariere ich die Futterstelle für die Rehe.

Frau Konsul hat viele Rehe in ihrem Gelände.

Und Frau Konsul hat zwei Nichten.

Zwei kleine, gerade einmal volljährige dicke Dinger mit kurzen, rötlichen Löckchen, ohne Hals und ohne Augenbrauen. Ihre winzigen Äugelchen verschwinden beinahe völlig in ihren teigigen Gesichtern, die himmelblauen Adern schimmern unter der blassen Haut ihrer Schläfen. An den Ohren baumeln lächerliche kleine Schmucksteinchen.

Ich bin nett zu ihnen. Schließlich sind sie die Nichten der Frau Konsul. Sie bringen mir manchmal ein Stück Kuchen vom Nachmittagskaffee aus der Villa. Mohnkuchen. Bah.

Irgendwann habe ich ihnen erzählt, dass ich Gedichte mag. Das war ein Fehler.

Wenn diese beiden Dinger am Wochenende aus der Stadt hierherkommen und über den Nadelteppich auf mich zu hüpfen, weiß ich, dass es mit der Ruhe vorerst vorbei ist.

»Es hackt und sägt recht froh und heiter
der schlecht rasierte Waldarbeiter.«

Ich bin nicht froh und heiter. So was ist nur schwer zu ertragen. Zwei kleine Biester, die sich für die Enkelinnen von Annette von Droste-Hülshoff halten.

»König übers Fichtenreich,
blas für uns den Zapfenstreich!«

Zapfenstreich. Das finden sie wohl witzig.

Was soll man dazu sagen? Man hämmert weiter und beißt die Zähne zusammen.

So ein Wochenende geht vorbei.

Manchmal liegen sie auf der Lichtung und sonnen sich halb nackt. Sie sehen dann aus wie zwei frisch gebadete rosa Schweinchen. Ihre Brüste sind klein und spitz wie Insektenstiche. Sie quaken mit geschlossenen Augenlidern etwas in die schwüle Luft des Waldes, was sie für Lyrik halten.

»Wenn die Sonne uns liebkost
sind vergessen Schnee und Frost!«

Liebkost ... Frost ... das ist Unsinn!

Jambus und Trochäus sind für sie Fremdwörter. Ihre Reime sind eine Beleidigung für die deutsche Dichtkunst. Dass die Vögel nicht auf der Stelle empört aufhören zu pfeifen, ist kaum zu glauben.

Ich sehe dann zu, dass ich das Weite suche. Im Wald gibt

es immer was zu tun. Meine Arbeitsstätten liegen weit auseinander.

Heute säge ich eine umgestürzte Fichte klein. Das macht einen Heidenlärm, aber es muss gemacht werden. Trotz meiner Ohrenschützer dringt mir das Geschrei der Säge durch Mark und Bein.

Als es geschafft ist, ziehe ich den Bügel mit den beiden gepolsterten Kunststoffschalen wieder vom Kopf und lausche der sanften Ruhe des Waldes. In der Ferne murmelt ein Bächlein. Welcher Wohlgenuss.

»Hase, Fuchs und Eichelhäher
kommen still und heimlich näher«, kräht die eine.
»Ganz geheim und sehr verstohlen,
nah'n auch wir auf leisen Sohlen«, die andere.

Sie grinsen über die sommersprossigen Gesichter und hüpfen begeistert auf und ab, weil ihre Überraschung so gelungen ist. Ihre Kunststoffschlappen machen laut klatschende Geräusche.

Meine Hütte steht am Rande des Waldes. Ganz im Norden. Am südlichen Saum steht die Villa. Zwischen uns ist ein ganzer großer Wald, und das ist gut so. Abends sitze ich in der Stille meines Heims und studiere die Tageszeitung. Ich habe keinen Fernseher. Die hektische Bilderflut und das endlose Geplapper kenne ich aus einem früheren Leben. Das hat mich krank gemacht. Hier in der Stille bin ich gesund geworden. Ich schlafe auf einer festen Matratze und hülle mich nachts mit einer groben Decke ein. Viel brauche ich nicht, um glücklich zu sein. Nur Ruhe.

Ich habe viel zu tun. An der alten Schutzhütte muss das Dach ausgebessert werden. Es ist schattig, und ich muss aufpassen, dass ich auf den bemoosten Birkenschwarten nicht ausrutsche.

»Juhu!« Da bricht es durch das Unterholz. Die beiden rothaarigen Klopse ziehen eine breite Schneise durch das Gestrüpp. Ich kann nicht fliehen. Hier oben sitze ich in der Falle.

»Schau, dort oben auf dem Dach
liegt der Buschmann stumm und flach.
Wollen wir ihn dort besuchen?
Ja, wir bringen Tee und Kuchen.«

Semesterferien. Zwei Wochen wollen sie hier sein. Ich bin kein Buschmann. Und ich kann nicht fortwährend Kuchen essen. Irgendwas muss ich tun. Ich sollte ihnen sagen, dass sie sich davonscheren sollen, dass mir ihr ewiges Dichten den letzten Nerv raubt. Aber ihre Tante ist meine Arbeitgeberin.

Mohnkuchen. Schon wieder Mohnkuchen!

Rehe beobachten.

Früh morgens, wenn die Nebel zwischen den Fichtenstämmen hängen, wie zarte, weiße Laken. Die aufmerksamen Tiere, die immer wieder ihr Äsen unterbrechen, den Kopf recken, die Ohren tanzen lassen. Im Dunkel ihrer runden, unschuldigen Augen schimmert feucht das Abbild des grauen Morgenhimmels.

Vier Stück sind es. Ich atme nicht. Es ist stiller als sonst. Ich habe Furcht, dass sie mein Herz schlagen hören.

Und dann:

»Der Tag hat noch nicht angefangen
die Sonn' ist noch nicht aufgegangen!«, krakeelt es ein paar hundert Meter weiter.

»Der Tau ist köstlich kühl und klar,
Die Luft, sie duftet wunderbar!«

In wenigen Sekunden sind die Rehe davon gepprescht. Der Nebel zerwirbelt in weißen Strudeln.

Zwei rostrote Sonnen gehen auf. Zwei laute, dichtende Sirenensonnen. Ich atme aus. Laut und schnaubend.

»He, Herr Waldmann, nimm uns mit
auf deinem munt'ren Tagesritt!«

Ich hätte nicht atmen sollen. Dann wäre ich vielleicht erstickt, und es wäre mir erspart geblieben.

Sie haben ein Zelt aufgeschlagen. Mitten auf der Lichtung, an deren Rand ich eigentlich dem dichten Brombeergestrüpp zu Leibe rücken wollte. Sie schwatzen bis in den Abend hinein. Ich sehe die Silhouetten ihrer unförmigen Leiber gegen den rotgoldenen Schein der Petroleumlampe.

»Guter Mond, du stehst so stille,
nimm zum Schlafen eine Pille.«

Das ist Quatsch. Das ist unglaublicher Blödsinn.

Immerhin besteht die leise Hoffnung, dass sich in der Nacht, wenn sie endlich schweigen, ein Tier heranschleicht und sie auffrisst, oder wenigstens eine Einzelne. Oder Teile von ihnen. Den Kopf am liebsten.

Vorsichtshalber lege ich den Riegel vor, als ich mich zur Nacht bette. Das tue ich sonst nie. Ich liebe den Wald. Und alles, was hier lebt und gedeiht, liebt mich.

Das Stroh in meinem Kopfkissen knistert mich zärtlich in den Schlaf.

Und dann sind sie da. Es muss weit nach Mitternacht sein.

Sie brüllen mir wie aus einer Kehle ins Ohr:

»*Schlaf, du braver starker Mann,*
fang getrost zu schnarchen an.
Um dein warmes Bettchen fein
Tanzen wir den Ringelreihn.«

Ich reiße die Decke weg und springe auf.

Angstvolle Blicke durch das Dunkel. Niemand! Meine Hütte ist leer, nichts als ein dürrer Zweig kratzt an der fast blinden Scheibe des kleinen Fensterchens.

In meinem Kopf scheppert es, pfeift es.

Die Nacht zerbricht, es zischt, man glaubt es nicht.

Dicke Nichten dichten im Fichtendickicht!

Warum ich? Nicht! Nicht!

Den Riegel weg! Hinaus!

Doch draußen ist nichts als Nacht und Wald und Stille.

Sie haben es geschafft!

Die kleinen halslosen Monstren haben es tatsächlich geschafft.

Ihre grässlichen, dämlichen Gedichte sind in meinem Kopf!

Es regnet seit dem Morgen.

Die markierten Stämme müssen trotzdem gefällt werden. Ich habe keine Zeit zu bummeln, nur weil Regen fällt. Die Schneide meiner Axt gleitet in das Holz.

Ich danke dem Regen. Er hält die beiden Quälgeister fern. Sie werden in ihren Zimmern der Villa sitzen und sich die aufgeblähten weißen Bäuche mit Kakao vollpumpen. Sie werden sich die kleinen Schweinenasen an den kalten, nassen Fensterscheiben platt drücken und werden unablässig verkrüppelte Verse herauspressen, und auf dem kalten Glas wird ihr Atem milchweiße Flecken wachsen lassen.

Wieder fährt die Klinge ins Holz. Butterfarben schimmert die Wunde.

Der Klang des Axthiebs schallt zwischen den Stämmen des Waldes umher. Ein sattes, zufriedenes Geräusch. Regenvögel antworten. Die fallenden Tropfen trommeln ein beruhigendes Konzert.

Da drängt sich mit einem Mal ein Laut in die Melodie des Waldes, der nicht da hineingehört.

Der nirgendwo hineingehört.

Diesmal tragen sie Regencapes.

Orangefarbene Regencapes.

Sogar ihre Gesten und Bewegungen sind Geschrei. Und dann kommen die schrillen Stimmen dazu:

»Was dem Forstmann Freude macht,
haben wir ihm mitgebracht!
Hier im Korb, man ahnt es schon,
schlummert Kuchen mit viel Mohn!«

Ich habe plötzlich nur noch Augen für die Klinge meiner Axt, von der weiße Holzspäne herunter rieseln. So ein glattes, kaltes Gerät, so ein aufrichtiger Charakter aus hartem Stahl.

Ich hole weit aus.

Sie haben zu kurze, zu dicke Beine, um im morastigen Waldboden schnell genug laufen zu können. Korb und Mohnkuchen wirbeln durch die Luft.

Wieder das satte Geräusch, als die Axt ihr Ziel findet. Einmal ... zweimal ...

Der Regen wird rot.

Die Vögel hört man hier drinnen nur sehr leise. Das Fenster ist klein und vergittert.

172

Dafür gibt es andere Geräusche. Weit weg, fast so wie im Wald. Metallene Geräusche. Schlüssel, Türen, Eisenstäbe.

Stimmen hört man auch. Aber nur undeutlich und verschwommen.

Ich vermisse den Wald sehr.

Mein Zellennachbar ist ein schweigsamer Mann mit dünnem, zurückgekämmtem Haar und malmenden Wangenknochen. Bis heute morgen habe ich sogar gedacht, er sei Osteuropäer und spreche überhaupt kein Deutsch, aber dann sagt er plötzlich:

»Grau und finster sind die Wände,

kalt und klamm sind Füß' und Hände.

Schmerzen tun mir Kreuz und Lende.

Wär' die Zeit doch schon zu Ende.«

Ich sehe ihn fassungslos an. Er lächelt und ist froh, dass er sich getraut hat.

Ich habe den Eindruck, dass da noch mehr kommt.

Likörchen, Paulchen?

Man konnte nicht behaupten, dass es Paul in der Gesellschaft seiner Tanten Traudel und Franzi jemals langweilig gewesen wäre. Die beiden unverheirateten Seniorinnen waren zusammen schon längst weit über hundertfünfzig Jahre alt, und Paul musste sich jeden Monat etwas Reizendes einfallen lassen, damit ihm die Tanten gewogen blieben. Sie bewohnten ein kleines, dreistöckiges Haus in der Fußgängerzone von Gemünd mit einem ehemaligen Ladenlokal im Erdgeschoss, das sie seit geraumer Zeit als Wohnung an eine achtköpfige deutschrussische Familie vermietet hatten. Sie spielten Bridge und pflegten enge Kontakte zu alten Freunden im Seniorenheim am Salzberg. Sie besuchten ab und an das alte Kino und sahen sich mit Vorliebe Actionfilme an. An gesellschaftlichem Leben und Zerstreuung mangelte es den beiden Damen nicht, und wenn der monatliche Ausflug mit dem Neffen Paul anstand, dann verlangten sie nach etwas Spektakulärem. Da durften es dann auch schon mal ein Rundflug vom Flugplatz Dahlemer Binz oder sogar heimliche Schießübungen mit einer alten Armeepistole in einem abgelegenen Winkel des Kermeter sein.

Mit Schaudern erinnerte sich Paul an eine Runde im Tourenwagen auf dem Nürburgring oder an die Ballonfahrt. Wenn der Zirkus in Euskirchen gastierte, kraulten sie den Löwen die Mähnen, und auf dem grässlichsten Karussell der Kirmes schrien sie begeistert »Jaaa!«, wenn die Stimme aus den Lautsprecher diabolisch fragte: »Noch eine Ehrenrunde?« Paul hing derweil mit grauem Gesicht in seinem Haltegurt und versuchte, sein Mittagessen dort zu behalten, wo es hingehörte.

Er tat all das nicht etwa, weil ihn ein üppiges Erbe lockte, oder weil er sich sonst wie einen Vorteil verschaffen wollte. Er liebte seine beiden alten Tanten, und, ja, er fühlte sich auf eine unerklärliche Weise verantwortlich für sie.

Tante Traudel und Tante Franzi pflegten jedes ihrer gemeinsamen Abenteuer mit ein, zwei Gläschen selbst gemachtem Likör einzuläuten. Alles, was in ihrer Umgebung wuchs und gedieh und sich im entsprechenden Moment nicht wehrte, wurde seit jeher von Tante Franzi unter Verwendung von Kandiszucker und hochprozentigem Alkohol in flüssiges Feuer verwandelt. Beeren, Kräuter, Blüten, Tannenspitzen, Lakritz, Kaffee ... was immer die Tanten auch in ihre knotigen Finger bekamen. Paul traute sich nie, sich vollständig zu verweigern, und nach einem kleinen Schlückchen war die Sache dann auch erledigt, da er ja zumeist den Chauffeur spielte.

»Likörchen, Paulchen?«, fragte Tante Franzi und kicherte mädchenhaft. Sie war die jüngere von beiden. Und die Kurzsichtigere. Hinter ihren Brillengläsern waren ihre Augen klein wie Rosinen.

Paul nickte gottergeben und ließ sich einen Lavendellikör einschenken, der nach Deodorant roch. Er rümpfte die Nase. Irgendwann würde sie auch vor Stangenbohnen oder Käfern nicht mehr Halt machen.

Er hatte eine Wiese im Sauerbachtal ausgesucht, in der Nähe eines idyllischen Bachlaufs unterhalb der Straße von Herhahn nach Einruhr. Ein verträumtes Fleckchen Erde, das nur selten von störenden Wanderern frequentiert wurde. In der Höhe konnte man undeutlich die Geräusche des vorbeirollenden Verkehrs wahrnehmen, der sich über die Serpentinen schlängelte.

Ein Picknick.

Tante Traudel hatte zuerst minutenlang den Kopf mit der scharf geschnittenen Nase hin und her gedreht. Ihr langer, faltiger Hals hatte sich gewunden wie ein Lappen, den man auswrang. Sie hielt Ausschau nach der Sensation. »Ein Picknick?« Sie schürzte die Lippen und machte sich widerwillig daran, die Mitbringsel aus dem großen Korb zu bergen. »Nur ein Picknick?«

»Ach, Tante Traudel, muss es denn immer ein Abenteuer sein? Guck dich um. Die Vögel, der Bach, die Bäume ... Lass uns die letzten Sommertage nutzen.«

Tante Traudel maulte leise weiter und packte Brot, Käse und Wurst aus.

»Na, dann machen wir's uns mal gemütlich!« Tante Franzi holte eine weitere Flasche aus ihrer Handtasche. Sesamlikör. Rieb man sich mit so was nicht besser ein? »Likörchen, Paulchen?«

Paul winkte ab. »Das Auto ...« Er fischte einen Hähnchenschenkel aus der Tupperdose.

In diesem Moment geschah etwas, das augenblicklich einen goldenen Schimmer der Verzückung auf Tante Traudels Gesicht zauberte.

Das Brummen eines Fahrzeugs, das anscheinend von Südwesten her näher gekommen war, veränderte sich abrupt, das Motorengeräusch schwoll an, wurde brüllender, dann krachte und knasterte es irgendwo im Geäst hinter ihren Köpfen, und begleitet von prasselndem Geröll, Laub, zerberstenden Ästen und dem kreischenden Geräusch zerschleißenden Blechs brach aus dem Dickicht, das Tal und Serpentinenstraße voneinander trennte, etwas hervor, das wie ein silberner Opel Astra aussah.

Tante Franzi schluckte aufgeregt ihren Likör, während das

sich mehr und mehr verformende Fahrzeug zuerst mit dem Kühler aufschlug, sich dann seitwärts drehte, ein paar Meter auf der Beifahrerseite übers Gras schlitterte und schließlich unweit des Bachs zur Ruhe kam und nahezu gemächlich auf das Dach kippte. Das Motorengeräusch war verstummt, zwei der vier Räder drehten sich noch träge. Das vierte ragte grotesk abgewinkelt in die Luft.

Paul starrte mit offenem Mund zu dem Fahrzeugwrack hinüber.

Während Tante Franzi noch die Likörflasche verschraubte, hatte sich ihre Schwester bereits aufgerappelt und stapfte mit weit ausholenden Schritten durch das hohe Gras auf den Wagen zu.

»Aber du kannst doch nicht …« Man kannte das doch aus Filmen. Fahrzeuge in solchen Situationen pflegten stets zu explodieren. Natürlich hatte Paul auch gehört, dass das ausgemachter Unsinn war, aber wer konnte schon wissen … Er beeilte sich, seiner Tante hinterherzusetzen. »Tante Traudel …«

»Wartet auf mich!«, jubelte Tante Franzi.

Es roch nach Benzin. Es roch gefährlich.

»Kommt da weg, ihr beiden!«, rief Paul, und seine Stimme gab das Vibrato seiner Nerven wieder. Und dann sah er das, was auch seine Tanten sahen: Geld. Viel Geld. Es quoll aus zwei Plastiktüten im hinteren Teil des Wagens. Ein paar einzelne Scheine sanken langsam auf den zu unterst gekehrten Wagenhimmel.

»Da!« Tante Franzi wies auf die Böschung, auf der der Wagen zu Tal gepoltert war. Eine weitere Tüte. Aldi. Weiteres Geld. Verweht, verstreut auf der Wiese, zwischen den Büschen, unterhalb des Gesträuchs, das sich längst wieder zu einem grünen Wall geschlossen und dabei die verräterische Unfallspur von der Straße hinunter zu ihnen verschluckt hatte. Tante Franzi begann, das Geld aufzulesen. Sie war über siebzig, aber sie war ein wieselflinkes, kleines Reptil.

Auch Tante Traudel langte gleich durch die zerborstene Heckscheibe in das Innere des Fahrzeugs und zerrte an den Plastikbeuteln.

»Lass das, Tante Traudel, um Himmels willen, lass das bitte sofort sein …«

»Er braucht es doch nicht mehr!«, raunzte sie und zupfte weitere Scheine hervor.

»Wer?«

Der Mann hing reglos im Gurt des Fahrersitzes. Aus einer gewaltigen Kopfwunde tropfte Blut. Der Mund war weit geöffnet, die Augen waren starr und glasig ins Nichts gerichtet. Ein tätowierter Arm baumelte durch das offene Seitenfenster heraus, und Paul zwang sich, mit zitternder Hand nach dem Puls zu tasten. Genauso gut hätte er das bei dem Hähnchenschenkel machen können. Bei beiden wären Wiederbelebungsversuche zwecklos gewesen. Da war nichts mehr zu machen.

Er spähte in den Innenraum.

Was war das? Eine Pistole? Ja, das war eine Pistole. Und da war auch eine glimmende Zigarette, von der ein feines, weißes Rauchband aufstieg. So zart und elegant, als habe es mit dem Blut, dem Geld und den gierigen Tanten nicht das Mindeste zu tun.

Der Benzingeruch wurde stärker. Paul spürte, wie sich seine Nackenhaare sträubten. Die Zigarette hatte in diesem Moment das hauchdünne, zusammengeknüllte Papier eines

180

Cheeseburgers in Brand gesetzt, das neben die Sonnenblende des Beifahrerplatzes gekullert war. Und im nächsten Moment erfassten die kleinen Flammen eine gleich daneben liegende Schachtel Streichhölzer. Ein gemütlich knisterndes Feuerchen machte sich breit.

»Tante Traudel!!!«

»Nur noch ein paar Scheinchen!«

»Tante Franzi!!!«

»Hab's gleich, Paulchen!«

Es gelang Paul mit Mühe, seine Tanten dazu anzutreiben, in aller Eile die Spuren ihres Picknicks zu beseitigen, wobei Tante Traudel darauf bestand, jeden noch so kleinen Rest der Eierschalen aus dem Gras aufzulesen. »Wegen der DNA!«

Es gelang ihm auch, Tanten und Tüten in seinem Golf zu verstauen, der ein paar Schritte weiter geparkt stand, wobei er Tante Franzi unterwegs von einem Brombeergestrüpp, das prachtvolle, schwarze Früchte zur Verarbeitung zu Likör anbot, geradezu mit Gewalt wegdrängen musste.

Es gelang ihm schließlich, den Wagen zu starten, ohne darüber nachzudenken, was er da eigentlich tat.

Es gelang ihm, zur Straße hinaufzufahren, ohne die Nerven zu verlieren.

Es gelang ihm, ungesehen den Weg in Richtung Gemünd einzuschlagen, als plötzlich in der Ferne undeutlich ein dumpf grollendes Geräusch durch das Tal brandete.

Tante Franzi fragte vom Rücksitz: »Likörchen, Paulchen?«

Es waren 278.000 Euro. Eine mit knochigen Fingern am Küchentisch abgezählte Summe, die im Großen und Ganzen von den Meldungen im Radio bestätigt wurde. Das Geld war ausgerechnet in der Bankfiliale erbeutet worden, die sich

schräg gegenüber vom Haus der Tanten in der Fußgängerzone Gemünds befand. Welch Ironie!

Es gab zwei Dinge, die Paul überaus verstörten. Zum einen
war da die Tatsache, dass seine beiden Tanten offensichtlich
keinen noch so geringen Skrupel verspürten, so viel Geld zu
behalten, das ihnen gar nicht gehörte. Tante Traudel argu-
mentierte kühl, dass es wenige Minuten später ohnehin ver-
brannt wäre. Eine Viertelmillion Asche. Außerdem hätten
sämtliche Banken dieser Erde durch ihr Benehmen in letzter
Zeit ohnehin bei ihr verspielt – bis zur Steinzeit und zurück.

Dann war da eine Nachricht, die ihn ebenfalls beunruhig-
te: In die Bankfiliale, in der sich zum Monatsbeginn ungewöhnlich viel Bargeld befunden habe, sei nicht ein einzelner
Täter hineinspaziert, sondern zwei, so hieß es im Fernsehen.
Eine Leiche sei in einem ausgebrannten Fahrzeugwrack
unweit des Ruhrsees gefunden worden. Wo war der zweite
Ganove abgeblieben? Das fragten sich nicht nur die Journa-
listen, die Bänker und die Polizei. Auch Paul hätte das ganz
gerne gewusst.

Tante Franzi, die gerade dabei war, ihren Kiefernspitzen-
likör auf Flaschen zu ziehen und ab und zu eine Stichprobe
davon nahm, kicherte unbedarft und erklärte, dass niemand
sie am Unfallort gesehen habe. Kein Verbrecher und keine
Polizei. Sie nicht, sein Auto nicht und auch nicht das Geld.

Schließlich sahen ihn seine Tanten ernst an und legten die
Gesichter in tausend nachdenkliche Falten. »Eins muss aber
nun mal klar sein, mein lieber Neffe.« Tante Traudel legte
ihm den Finger auf die Brust. »Das Letzte, was wir jetzt
gebrauchen können, ist großes Aufhebens.«

»Was wir meinen«, fuhr Tante Franzi fort und verengte die
rosinenkleinen Äugelchen zu Pfefferkörnern. »Dass wir zu

Geld gekommen sind, darf niemand wissen.« Sie legte den Finger auf die gespitzten Lippen.

»Ich bin nicht zu Geld gekommen«, protestierte Paul. »Ich habe meine Arbeit im Büro, meine kleine Wohnung, ich will damit nichts …«

»Papperlapapp!«, herrschte ihn Tante Traudel an und reckte ihren langen Hals. »Du steckst mit drin, mein Junge. Wir teilen durch drei. Aber erst, wenn Gras über die Sache gewachsen ist, hörst du?«

Es gingen ein paar Wochen ins Land, in denen das Gras ein wenig wuchs, und die Meldungen in den Zeitungen und im Rundfunk wurden seltener. Manchmal kam es Paul so vor, als sei das alles nur eine völlig verdrehte Phantasie gewesen. In seiner kleinen Wohnung in Olef war er weit genug weg von seinen beiden Tanten, um auf andere Gedanken kommen zu können. Es gelang ihm fast, sich zu entspannen und das Gewesene zu vergessen.

Die Schatten der Vergangenheit krochen erst allmählich wieder an ihn heran. Und zwar auf gänzlich unerwarteten Wegen.

Der greise Herr Döhler, der seinen Lebensabend im Seniorenwohnheim verlebte, und der seit vielen Jahren mit seinem ungebrochenen Charme die beiden alten Tanten umwarb, bretterte plötzlich um die Mittagszeit auf einem Quad durch die Innenstadt von Gemünd an ihm vorbei. Wo war sein Rollator geblieben?

Auch der Hausarzt der Tanten bewegte sich plötzlich schneller fort. Mit seinem BMW Cabriolet hupte er Paul fröhlich zu, der am Zebrastreifen stand.

Die Parkbank im Kurpark von Gemünd, auf der die Tanten ihre regelmäßigen Spaziergänge stets für eine kleine Verschnaufpause zu unterbrechen pflegten, war gepolstert und mit einem kleinen Baldachin aus verschnörkeltem Gusseisen versehen worden.

Wann immer Paul seine Tanten in diesen Tagen zu einem Ausflug abholen wollte, wurde ihm gesagt, sie seien bereits anderweitig unterwegs. Hinterher bekam er Fotos von jubelnden Seniorengruppen gezeigt, die die Wildwasserbahn im Vergnügungspark okkupiert hatten oder eine Rundfahrt durch den Hamburger Hafen machten. Er ahnte, wer das Vergnügen finanziert hatte, verkniff sich aber, seine Tanten an die gebotene Vorsicht zu erinnern.

Er sah auch Fotos vom Altennachmittag im Seniorenheim und erkannte inmitten der ungewohnt entfesselten Greisenschar drei fast nackte dunkelhäutige Stripper. Rasch blätterte er weiter zu den anderen Fotos.

Als er sich angesichts des Strandpanoramas auf einigen der Fotos bei seinen Tanten erkundigte, wann sie denn zuletzt an der Côte d'Azur gewesen seien, bekam er die lapidare Antwort: »Übers Wochenende.« Tante Franzi bot ihm einen Likör aus den Früchten eines Hartlaubgewächses an, das im Süden prächtig gedieh.

Das Haus der Tanten wurde bonbonfarben angestrichen, isolierverglaste Fenster wurden eingesetzt, und ein Lift wurde eingebaut.

Einmal glaubte er die beiden im Fernsehen entdeckt zu haben. Im Publikum einer Zaubershow, die aus Las Vegas übertragen wurde. Das konnte natürlich nicht sein. Oder doch?

Der kleine Laden in Schleiden, in dem seine Tanten stets

184

den Alkohol für die Likörherstellung kauften, hatte plötzlich eine nagelneue Registrierkasse. Der Opferstock in der katholischen Kirche von Gemünd quoll in letzter Zeit häufig über.

Die Russenfamilie aus dem Erdgeschoss im Haus der Tanten schickte ihm unerwartet eine Postkarte von den Malediven. Alle sechs Kinder unterschrieben darauf. Sie machten mehrere Kreuzchen an den Balkonen eines unglaublich teuer aussehenden Luxushotels. *Das sind unsere Zimmer*, hatten sie daneben geschrieben.

Eines Tages klingelte es an Pauls Haustür, und als er den Knopf der Sprechanlage drückte, hörte er am anderen Ende nur ein unterdrücktes Kichern. Als er verunsichert den Türöffner betätigte und die Tür zum Treppenhaus öffnete, um nachzusehen, wer ihn besuchen kam, vernahm er klackernde Absätze auf den Steinstufen. Wenige Augenblicke später sah er sich zwei jungen Damen gegenüber, die für die herbstliche Jahreszeit ungewöhnlich dünn angezogen waren. Ihr Parfüm war mindestens ebenso atemberaubend wie ihre Kurven, und sie wendeten eine Magnumflasche Champagner in ihren Händen. Sie stellten sich als Carmen und Nadja vor und fassten ihn gleich sehr vertraulich an. Woher sie seinen Namen wussten, ahnte er nicht gleich. Da er zur Höflichkeit erzogen worden war, bat er sie in seine Wohnung und registrierte verwundert, dass sie sich gleich wie zu Hause fühlten und noch ein paar Kleidungsstücke mehr ablegten. Irgendwann entschlüpfte es der dunkelhaarigen Nadja mit dem reizenden russischen Akzent, dass sie für die ganze Nacht bezahlt worden waren. Aber da war es Paul dann auch schon egal.

Er schrieb seinen Tanten einen Brief. So konnte das nicht weitergehen! Sorgsam bemühte sich Paul darum, seine schriftliche Ermahnung eindeutig, aber nicht allzu verräterisch zu formulieren.

Leider kam sein Tadel zu spät. Noch bevor er den Brief hatte abschicken können, bekam er erneut Besuch. Der Mann, der im Türrahmen seiner Wohnung auftauchte, als er sich gerade mit dem Müllbeutel in der Hand auf dem Weg zur Tonne im Hof hatte aufmachen wollen, war weniger freundlich als die Damen und roch auch nicht so gut. In seinen Händen hielt er auch keinen Champagner, sondern eine Pistole. Und eben diese schlug ihm sein Besucher im nächsten Augenblick wortlos und ohne Vorankündigung ins Gesicht.

Wenig später fand sich Paul mit Kabelbindern an seinen Esszimmerstuhl gefesselt wieder.

»Wo ist der Schotter?«, fragte der bullige Kerl mit heiserer Stimme und bedachte Paul mit einem Blick, der so kalt war, dass er damit das Thermometer zum Fallen hätte bringen können. »Weißt du, Junge, das ist so eine Frage, die ich nur ein einziges Mal stelle. Dein Auto ist gesehen worden. Da, wo Benno den Unfall gebaut hat, wo ich aus dem Auto geflogen bin. Ich will keine blöden Ausflüchte und keine Lügen hören. Ich will meine Kohle und habe keine Angst, dir mit dem Ding hier ein drittes Nasenloch zu schießen.«

Er wedelte mit der Pistole und entkorkte gleichzeitig mit den Zähnen eine Flasche, die auf dem Sideboard gestanden hatte. Paul, dem immer noch der Kiefer schmerzte, brachte zunächst nur ein paar krächzende Laute heraus.

Der Fremde trank und verzog angeekelt den Mund. »Wassn das?«

»Brennnessellikör«, krächzte Paul. »Welches Geld?«

Der Fremde antwortete mit einem neuen Schlag und erinnerte Paul an die Spielregeln.

Dann schlenderte er durch die Wohnung. »Ärmliche Bude. Bist'n Schlauer. Hast das Geld gebunkert, bis kein Hahn mehr danach kräht …«

Paul dachte in diesem Moment daran, dass dann, wenn keine Hähne mehr krähen würden, seine Tanten längst das Geld bis auf den letzten Heller verjubelt haben würden.

»Nu mach schon, du Heini. Wer war mit dir im Auto? Ihr wart zu dritt.«

In diesem Moment sah Paul ungewollt und unkontrolliert zu dem gerahmten Foto auf dem Fernseher hinüber, auf dem Tante Traudel und Tante Franzi fröhlich und faltenreich in die Kamera lächelten. Der Fremde registrierte den Blick sofort, und seine Mundwinkel kräuselten sich augenblicklich nach oben. Und als er im nächsten Moment den Briefumschlag fand, der an die beiden Tanten adressiert war, zeigte er sogar seine Zähne.

Nachdem er gegangen war, versuchte Paul, mit dem Stuhl zum Telefon zu hüpfen. Er schaffte es bis zur Teppichkante, geriet ins Straucheln und kippte nach vorne, wobei er mit der Nase ungebremst auf die Kante des Sideboards krachte. Und dann wurde es ihm erneut schwarz vor den Augen.

Paul kam zu spät. Mehrere Stunden zu spät. Im Treppenhaus des bonbonfarbenen Hauses in Gemünd erwartete ihn eine völlig aufgelöste Tante Traudel, die soeben den Hausarzt verabschiedete, dessen Cabrio Paul auf dem Parkplatz gesehen hatte.

»Er hat einen Herzinfarkt diagnostiziert.«, murmelte sie.

187

»Die arme Franzi. Dieser brutale Mensch hat sie so verängstigt.«

»Wo ist er hin?«, fragte Paul angstvoll.

»Ich habe ihm das restliche Geld gegeben, und nun ist er hoffentlich für immer verschwunden. Was ist denn mit deiner Nase?«

Paul winkte seufzend ab und machte dem Bestatter Platz, der gerade mit seinen zwei Mitarbeitern aus dem neuen Lift trat. Hatte der nicht früher eine Glatze gehabt? Der Mann nickte grinsend, wohl ahnend, was in Pauls Kopf vorging. »Echthaar. Eingepflanzt. Sündhaft teuer. Sieht man gar nicht, oder?« Die beiden Arbeiter kämpften sich unterdessen mit dem Zinksarg durch die Wohnungstür. Der Bestatter zeigte Paul zwei Narben am Kinn. »Und hier … bisschen straff gezogen. Und hier … Fett weg. Abgesaugt.« Er klopfte sich auf den Bauch und machte ein schlürfendes Geräusch. Dann legte er Paul vertraulich den Arm um die Schulter. »Jetzt gehen Sie mal schön nach Hause. Wir machen das hier schon. Ihre Tanten haben schon frühzeitig an alles gedacht. Alles bestens vorbereitet.«

Paul wollte noch protestieren, versuchte noch, an dem Bestatter vorbei in die Wohnung zu spähen und konnte undeutlich erkennen, wie Tante Traudel mit einer von Tante Franzis geliebten Likörflaschen im Gäste-WC verschwand. Es roch nach Pilzen. Bevor ihm die Tür vor der Nase verschlossen wurde, hörte er im Hintergrund noch das Rauschen der Spülung.

Tante Franzi wurde ungewöhnlich eilig und ungewöhnlich heimlich auf dem Gemünder Friedhof beigesetzt. Der Bestatter erledigte die Zeremonie unspektakulär aber sorgfältig. Wieso brauchten die für den Sarg der kleinen Tante Franzi sechs Träger? Ganz am Rande registrierte Paul, dass sich der Bestatter offenbar auch die Ohren hatte anlegen lassen.

Tante Traudel schrieb ihrem Neffen eine Woche später eine Postkarte aus Miami:

Lieber Neffe!

Hier ist es so wunderschön, dass ich beschlossen habe, zu bleiben. Da ich mir noch ein bisschen Geld auf die hohe Kante gelegt habe, wird es sicher für meine restlichen Tage reichen. Vielleicht kommst du mich hier mal besuchen? Wenn du willst, schicke ich dir Geld für ein Ticket. Du hast so viel für uns getan. Möglicherweise möchtest du ja sogar für länger bleiben.

Es grüßt dich herzlich
Deine Tante Traudel.

Und da stand noch etwas. Die Schrift war ganz zittrig und sehr winzig. Paul musste ans Fenster treten, um die Worte erkennen zu können. Er las: *Likörchen, Paulchen?*

On the rail:
Horst im Hellweg-Express

Es muss vorab erwähnt werden, dass Horst Lipsch für gewöhnlich nicht mit der Bahn fährt. Er besitzt einen überaus gepflegten Fiat Cinquecento, der ihn verlässlich zur Arbeit, zu gelegentlichen Besuchen und zum Einkaufen bringt.

Bahnfahren findet Horst Lipsch umständlich und nervenaufreibend.

Gerade heute ist nun dieser Fiat in der Werkstatt. Gerade heute, wo sein Vetter Arno ihn um diesen Gefallen gebeten hat. Von Arno kommt nichts Gutes. Das sagen alle in den weitläufigen Verzweigungen der Familie Lipsch immer wieder: »Von Arno kommt nichts Gutes.«

Gestern Nacht hat es diesen Einbruch in das Juweliergeschäft gegeben und Arno liegt plötzlich zu Hause mit einer Verletzung am Bein, von der Horst lieber gar nicht erst wissen will, wo sie herrührt.

Dreizehn sauteure Uhren sind weg und ein Passant ist niedergeschlagen worden. Auch von diesen Dingen will Horst lieber gar nichts wissen.

Aber da ist dieses Päckchen, das ihm Arno in die Hand gedrückt hat. Ein flaches, längliches Päckchen in altem Zeitungspapier.

Uhren sind auch flach und länglich.

»Du kriegst zehn Prozent«, hat Arno unter Stöhnen gesagt.

Zehn Prozent von wie viel Jahren?, hat Horst gedacht, aber gefragt hat er: »Muss das sein?«

Arno hat ganz schöne Schmerzen. Horst ist sehr gespannt, wie lange er das wohl durchhalten kann, ohne einen Arzt zu konsultieren.

»Muss sein.«

»Das ist das letzte Mal, dass ich so was für dich mache, Arno.«

Das Päckchen muss nach Paderborn, da kennt Arno einen, den man nicht kennen sollte. Warum der das Päckchen nicht selber in Unna abholt, fragt sich Horst noch, aber vermutlich handelt es sich um eine Art Bringschuld. In diesen Kreisen fackeln sie nicht lange. Entweder das Zeug kommt oder es passiert was. So kann er es sich jedenfalls vorstellen.

Und jetzt ist natürlich das Auto in der Werkstatt. Das von Arno will er sich nicht ausleihen. Das ist womöglich gesehen worden, in der Nähe des Juweliergeschäfts. Nein, nein, da muss es halt die Bahn sein. Einmal umsteigen, knappe anderthalb Stunden Fahrt, das geht.

Er darf nur nicht auffallen.

Das kann er eigentlich ganz gut.

Der Boden ist fleckig und verschrammt. Überall sind getrocknete Spritzer und klebrige Pfützen. Eine kleine alte Frau schiebt sich in sein Blickfeld. Sie schleppt etwa zwei Dutzend prall gefüllte Tüten aus Plastik und Papier mit sich, und kleine Schweißperlen malen ihr beim Herunterlaufen dünne senkrechte Linien auf die mit Rouge bemalten Bäckchen.

»Ist hier noch frei?«, fragt sie, als sie ihm gegenüber auf der anderen Seite des kleinen Tisches sitzt. »Ist ja kaum noch Platz im Zug. Den hab ich nur im allerletzten Moment gekriegt. Meine Güte, was bin ich gelaufen.« Sie trägt hellgraue Halbschuhe und einen leichten Sommermantel in derselben Farbe. Ihr Atem rasselt. »Das wird eine Fahrt! Es ist so heiß. Mein Mann war früher hier auf der Strecke Schaffner. Der kannte jede Kurve.« Sie zieht ihren Mantel aus und hängt ihn an den Haken neben dem Fenster, packt ein Erfrischungstuch aus und wischt sich den geröteten Nacken unter den winzigen drahtigen Löckchen. »Auch eins?«

Horst verneint. Es riecht nach Toilettenstein.

Ein Pulk Schüler ist anscheinend zur Klassenfahrt aufgebrochen. Sie fallen über den Waggon her und schreien englische Schimpfwörter. Eine Isomatte reißt Horst fast das linke Ohr ab.

Es ruckt, ein elektronisches Surren wird laut, das Blech rundherum beginnt zu vibrieren.

Der Zug setzt sich in Bewegung. Kinder fallen hin, Rucksäcke poltern über den Gang.

Horst wirft einen letzten Blick auf seine Heimatstadt Unna.

Horst im Hellweg-Express ... Wäre er doch nur zu Hause geblieben!

Die alte Frau quasselt ohne Punkt und Komma. »... und alle sagten immer, dass er der freundlichste Schaffner weit und breit war. Immer ein Witzchen, immer ein kleines Kompliment für die Frauen ...«

Der Zug hat kaum Fahrt aufgenommen, da hält er auch schon wieder in Lünern. Horst wirft einen Blick auf den Ausdruck, den der Automat ausgespuckt hat, nachdem er sich mit zahlreichen Knopfdrücken durch das Tarifsystem der Deutschen Bahn geklickt hat. Fährt er überhaupt nach Paderborn?

Fährt er. Junge, der Zug hält ja an jeder Milchkanne.

Er muss sich zur Ruhe zwingen. Eine Stunde, zwanzig Minuten, das ist zu schaffen.

»Ich bin gleich wieder da«, sagt die alte Frau und springt auf. Die Tüten scheinen an ihren Händen festgewachsen.

Zwei Minuten später hat sie ihr Versprechen eingelöst.

Horst hat in der Zwischenzeit den Schülern verboten, auf

194

den beiden freien Sitzen ihm gegenüber Platz zu nehmen, weil die Alte mit ihren Tüten wieder da hinwill. So hat er das jedenfalls verstanden.

Links neben ihm knutscht ein junges Schülerpärchen und Horst sieht, dass die Hand des Mädchens in den Schritt des Jungen greift und der Junge in ihrer Bluse wühlt.

Weiter vorne diskutiert der Klassenlehrer mit erhitztem Kopf mit drei Schülern, die versuchen, auf dem Gang Basketball zu spielen.

Der Zug setzt sich wieder in Bewegung und mit dem unvermeidlichen Ruck purzelt die alte Dame mitsamt ihrer Tüten zurück auf ihren Sitz.

Mit ihr ist ein Mann mit Sonnenbrille eingestiegen und nimmt neben ihr Platz. Sie lässt ihn am Fenster sitzen, weil sie an jedem Bahnsteig kurz rauswill, um Luft zu schnappen. Ein Erfrischungstuch will er auch nicht.

Auch keinen von den Butterkeksen, die sie jetzt aus einer der Tüten fischt.

Horst auch nicht.

Das knutschende Pärchen reagiert erst gar nicht und fummelt weiter.

Der Sonnenbrillenmann guckt, als habe er etwas Verdorbenes gegessen. Sein Scheitel ist gerade, wie mit dem Lineal gezogen. Auf der linken Seite wölbt sich sein graues Jackett in Brusthöhe. Was steckt da wohl drin?

Horst tastet unmerklich nach seiner eigenen Fracht. Auch er hat da eine Beule. Am Morgen vor dem Spiegel hat er das deutlich gesehen und hat sich rechts auch was reingesteckt, damit die Jacke wenigstens gleichmäßig ausgebeult ist. Einen Schuhspanner. Was Besseres war ihm im Moment nicht in die Hände geraten.

Jetzt sieht er aus, als habe er Frauenbrüste, deshalb hockt er die meiste Zeit mit verschränkten Armen da.

»Wir gehen in einen anderen Wagen!«, schreit jetzt der entnervte Klassenlehrer.

Die Isomatte trifft Horst diesmal am Kinn.

Das Pärchen neben ihm muss mit Gewalt getrennt werden.

Bei Hunden, so denkt Horst, hilft manchmal ein Eimer Wasser.

Bloß nicht auffallen ...

»Nächste Station!«, seufzt die Frau, als der Zug wenig später wieder anhält. »Mein Mann, der hat ... ach, das erzähle ich Ihnen später, wenn ich wieder zurück bin.«

Ihre Tüten umgeben sie wie ein gerüschtes Ballkleid, als sie auf den Bahnsteig hinaustrippelt.

»Wie nett, dass Sie mir den Platz freigehalten haben.«

Nach dem Halt in Hemmerde beschließt Horst, auf die Toilette zu gehen, um zu schauen, ob er nicht etwas mit seinen unmännlichen Wölbungen anstellen kann, damit sie nicht so auffallen. Nun weiß er, wie es Frauen geht, wenn ihnen die Männer auf den Busen starren.

Als er die Toilettentür öffnet, blickt er in zwei schreckgeweitete Schüleraugenpaare. Es riecht süßlich, Qualm vernebelt die Szenerie.

»Scheiße!«, zischt ein pickliger Junge und tritt mit einem klobigen Stiefel von innen gegen die Toilettentür.

Noch bevor er sich leise murmelnd entschuldigen kann, schlägt Horst die Tür an die Nase. Von innen wird geräuschvoll verriegelt und das Besetzt-Lämpchen leuchtet auf.

Horst reibt sich die Nase. Es ist anscheinend nichts gebrochen.

Der Schaffner, der jetzt vorbeikommt, lässt sich von Horst

die Fahrkarte zeigen. Die steckt natürlich in der Jackentasche. Die Feder des Schuhspanners springt keck hinter dem
Revers hervor, und Horst drückt sie panisch zurück.

Die Augen des Schaffners wandern von der Karte zu
Horsts Gesicht, das sich rötet, dann über die gewölbte Brust
zurück zur Karte. Er schnüffelt kurz, stellt aber keine Fragen.
Dann geht er weiter und Horst schließt gepeinigt die Augen.

Er hätte Arno sagen können, dass sein Auto in der Werkstatt
ist. Dann hätte der sich sicher einen anderen Idioten ausge-
guckt. Kein Mensch transportiert Päckchen wie diese in der
Bahn!

Werl. Jetzt darf er nicht mehr auffallen. Es ist ja nur noch
eine gute Stunde.

Auf dem Weg zurück zu seinem Platz gerät er in den
Tumult der Ein-und Aussteigenden.

Die Oma strahlt ihn an. »Halten Sie mir bitte den Platz
nochmal frei? Ich muss an die frische Luft. Nur ein Minüt-
chen.« Sie reibt sich mit einem Erfrischungstüchlein über das
Dekolletee.

»Na klar, mache ich.«

»Mein Mann, der kannte hier jedes Steinchen im Schotter-
bett ...«, murmelt sie und ihre Tüten rascheln wieder beim
Hinausgehen.

Der Sonnenbrillenmann ist immer noch da. Horst setzt sich
hin und versucht, an der Beule im Jackett seines Gegenübers
vorbeizustarren. Er versucht, sich in das grün gestreifte Mus-
ter des gegenüberliegenden Sitzes zu vertiefen, aber sein
Blick huscht immer wieder zu dem Mann am Fenster. Wie
vom Magneten angezogen. Dieser starrt auf den Bahnsteig
hinaus und mahlt mit den Wangenknochen.

Der Zug fährt wieder an.

Ist das etwa ein Pistolenknauf, der da sichtbar wird? Glänzend, rundlich, schwarz. Könnte tatsächlich eine Waffe sein. In Horsts Nacken sträuben sich die Härchen.

Der Mann dreht den Kopf vom Fenster weg. Starrt ihn jetzt unverwandt an. Das heißt, es könnte sein, dass er ihn anstarrt. Schließlich hat er diese Sonnenbrille auf. Sicher hat er stahlblaue Augen hinter den dunklen Gläsern. Killeraugen. Horst schluckt laut hörbar.

Die Hand fährt langsam ins Jackett.

Er wird doch nicht! Es sind doch viel zu viele Leute im Zug! Weiß er, was Horst transportiert?

Die Hand greift langsam nach etwas, was in der Jacketttasche ruht.

Ein Kidnapper? Werden Züge gekidnappt? Regionalzüge, die von Unna nach Paderborn unterwegs sind?

»Noch jemand zugestiegen?« Der Schaffner.

Der Sonnenbrillenmann zückt seine Fahrkarte. Von einem Pistolenknauf ist nichts mehr zu sehen.

Horst spürt, wie das Blut in seine Ohren schießt.

Gott sei Dank kommt jetzt die Tütenfrau zurück. Sie schnauft und keucht. Und ist glücklich, dass ihr Platz noch frei ist. Eine Fahrkarte hat sie auch.

Der Schaffner guckt Horst sehr genau an. Vermutlich registriert er die rot glühenden Ohren rechts und links.

»Wir kennen uns ja schon.«

Oh, ja, das tun wir.

Bloß nicht auffallen!

Nächster Halt Westönnen.

Sonnenbrille steigt mit der alten Frau aus. Er hilft ihr aus dem Sitz hoch und will ihre Tüten tragen, was sie ablehnt.

Seine Stimme klingt freundlich und sanft. Er leitet sie mit zuvorkommenden Gesten.

Vermutlich hat er ein unheilbares Augenleiden.

Horst ärgert sich über seine eigene Panik.

Eine Telefoniererin nimmt neben Horst Platz.

Mitte dreißig, schulterlanges rotes Haar, randlose Brille. Diplompädagogin, Tourismustussi, Unternehmensberatung oder so was.

»Ich bin jetzt in Westönnen!«

Ich auch, denkt Horst.

Ihre Stimme ist schrill und durchdringend.

»Ich kann ja auch nichts dafür!«

Ich aber erst recht nicht, denkt Horst.

»Haben wir das nicht längst ausdiskutiert? – Musst du schon wieder damit anfangen? – Soll das denn ewig so weitergehen?«

Hoffentlich nicht, denkt Horst. Das Paket in seiner Brusttasche beginnt langsam, sich zu verformen. Vermutlich weicht sein Schweiß das Zeitungspapier auf. Ob die Kiffer auf der Toilette fertig sind? Nein, er wird warten, bis sie Soest erreichen. Da muss er sowieso umsteigen.

»Ich fahre nach Soest!«, kreischt die Frau in das Telefon.

»Steigen Sie auch in Soest um?«, fragt die Tütenoma, die vom Luftschnappen zurück ist. »Ich fahre weiter über Paderborn und Altenbeken und Warburg ... Na ja, die Strecke, die mein Mann zu Lebzeiten immer gefahren ist.«

»Ja, ich fahre nach Paderborn«, gibt Horst bereitwillig Auskunft.

»Ich fahre NICHT nach Paderborn!« Die Stimme der Frau steigert sich zum schrillen Diskant. »Hallo! Die Verbindung wird schlechter ... – Kannst du mich noch hören? Hallo!«

Er vielleicht nicht, aber mit Sicherheit dieser und die angrenzenden beiden Waggons, denkt Horst.

Als der Schaffner neben ihr steht, unterbricht sie wütend die Verbindung. Während sie nach ihrer Fahrkarte sucht, trifft ihr zorniger Blick Horst.

Auch der Schaffner schaut ihn durchdringend an. Warum nur?

Ihr Handy plärrt eine blecherne Melodie. Sie ignoriert es.

Es schrillt die nächsten Minuten ununterbrochen weiter.

Umsteigen in Soest!

»Junger Mann, haben Sie was dagegen, wenn ich mit Ihnen komme? Seit mein Mann tot ist, bin ich ein bisschen unsicher ... Ich will Ihnen aber nicht lästig werden.«

»Ach, was«, winkt Horst mit gequältem Lächeln ab. »Ich bin ja auch froh, dass ich ein bisschen Unterhaltung habe.«

»Mein Mann, der ist früher jeden Tag diese Strecke gefahren, wissen Sie?«

Horst nickt geduldig und bietet ihr an, ein paar von den Tüten zu tragen, aber sie schüttelt energisch den Kopf. »Nein, nein, das geht schon noch.« Dabei kleben ihr die grauen Löckchen in der Stirn vor Anstrengung. In Wirklichkeit traut sie ihm wahrscheinlich doch nicht so richtig über den Weg, das spürt er.

Verdammt! Horst möchte am liebsten gleich wieder rückwärts in den Zug steigen.

Das hat ihm gerade noch gefehlt!

Überall wimmelt es von Polizei. Die uniformierten Männer bellen in ihre Funkgeräte und laufen hektisch umher. Unter

200

den Achseln sind ihre sandfarbenen Hemden dunkel gefleckt.

Horst drückt sich ganz nah an die Frau mit den Tüten.

Sehen sie nicht aus wie Mutter und Sohn? Unbescholten und unverdächtig?

Die Panik ist natürlich wieder völlig unangebracht.

Jemand hat sich vor den Zug geworfen. Viel kann man nicht von der leblosen Gestalt sehen. Alles ist abgesperrt und Horst sieht sich auf dem Bahnsteig um, während die alte Dame sich auf dem Rand eines Blumenkübels ohne Blumen niederlässt. Der Bahnhof in Soest ist reichlich verkommen.

»Jemand hat sich vor den Zug geworfen!«, kreischt die Zicke auf dem anderen Bahnsteig in ihr Handy. »Da kann ich doch nichts für!«

Dieser Bahnhof lädt zwar unter Umständen zum Suizid ein, aber muss das denn unbedingt heute sein? Horst schüttelt den Kopf. Überall Polizei und er mittendrin mit Arnos Päckchen.

Gott sei Dank ist die Weiterfahrt nicht gefährdet. Der Zug nach Paderborn kommt über ein Nebengleis.

Sie stolpern über die Schienen zwischen knietiefem Gestrüpp auf ihn zu.

Noch eine gute halbe Stunde.

Die Polster in diesem Zug sind blau mit kleinen dunkelblauen Karos drauf. Horst muss an die bunten Bilder denken, bei denen schwummrige Flecken zwischen den Mustern auftauchen oder die beginnen, sich zu drehen, wenn man lange genug draufstarrt. Er versucht das bei dem gegenüberliegenden Sitz. Mit irgendwas muss er sich für den Rest der

Fahrt ja beschäftigen. Klappt nicht. Der Zug ruckelt viel zu viel hin und her. Die Oma quasselt zu viel vom Bahnfahren und kaut Butterkekse.

Bad Sassendorf.

Was wird ihn unter der Adresse in Paderborn erwarten? Er war noch nie in dieser Straße. Er war überhaupt nur ein paarmal in Paderborn. Er kennt da gar keinen.

Lippstadt.

Wird die Übergabe reibungslos ablaufen? Arno hat Stein und Bein geschworen, dass da alles glatt läuft. Wenn nur diese Bahnfahrt schon vorbei wäre.

Dedinghausen.

Überraschung! Die Schulklasse fährt auch nach Paderborn und zieht als Karawane durch den Zug.

Da er diesmal auf der anderen Seite des Ganges sitzt, erwischt ihn die Isomatte rechts am Kopf. Er würde am liebsten aufspringen und dem Bengel eine schallern, aber er darf ja nicht auffallen.

Die Oma lächelt und zwinkert belustigt mit den Äugelchen. »Klassenfahrt.«

»Ja, Klassenfahrt.«

»Mein Mann, der ...«

Horst sieht aus dem Fenster. Das geht ihm langsam auf die Nerven. Er guckt auf die Uhr. Na ja, es geht ja voran.

Ehringhausen.

Lautsprecherdurchsage, Tüten, Luftschnappen, in dieser Reihenfolge.

Ein Pärchen gesellt sich zu ihnen. Er setzt sich neben die Oma, halb auf die Tüten, und scheint ein Prolet erster Güteklasse zu sein. Brilli im Ohr, Stoppelhaare, ärmelloses Shirt,

Kaugummi, Tattoo auf der rechten Schulter. Was steht da? Nancy?

Rechts neben Horst hat also Nancy Platz genommen. Horst ist ans Fenster gerutscht. Nancy braucht viel Platz. Nancy hat nämlich die Beine übereinander geschlagen und liegt eigentlich mehr in ihrem Polster, als dass sie sitzt.

Sie riecht nach Schweiß und Horst kann kleine Perlchen sehen, die die Achselhöhlen hinunterrinnen. Nancy ist ziemlich blond und braun gebrannt, hat möglicherweise eine Textilallergie und den linken Arm hinter den Kopf gelegt. Bequem kann das eigentlich nicht sein. Ihr bonbonfarbenes Hemdchen verdeckt das Allernötigste.

Nancy hat auch ein Tattoo. Wenn das noch aktuell ist, heißt der Prolet gegenüber Dave. Dave scheint zufrieden mit dem Ausblick zu sein, den er auf Nancy genießt. Denn er kaut schmatzend seinen Kaugummi und grinst blöde.

Horst weiß gar nicht, wie er seinen Blick von Nancys braunen Schenkeln abwenden soll. Schon wieder ist der Blick irgendwie magnetisiert. Und Nancy ist so unglaublich nah an ihm dran. Er spürt förmlich ihre Wärme, als hätte sich ihre Haut in der Sonne auf dem Bahnsteig aufgeladen.

Als die Oma in Geseke ihren obligatorischen Abstecher ins Freie macht, sind sie allein.

Nancy räkelt sich und streift mit der Hand Horsts Ohr. Viel sanfter als die Isomatte.

»Sorry«, sie lächelt.

Horst lächelt zurück und Dave wird wie auf Knopfdruck unruhig.

Er kaut jetzt schneller, lässt die Fingerknöchel knacken und fixiert Horst mit zu Schlitzen verengten Augen.

Horst guckt aus dem Fenster. Nicht jetzt noch Rabatz.

Nicht kurz vor dem Ziel. Nicht auffallen!

Noch zwanzig Minuten.

»Lass deine Finger bei dir!«

»Spinnst du?«

»Macht der dich etwa an?«

»Der hat gar nichts gemacht.«

»Was packst du den dann an?«

Horst sieht aus den Augenwinkeln, wie Dave sich erhebt.

Das Auftauchen der Tütenfrau in diesem Moment verhindert Schlimmeres.

»Komm, wir gehen nach nebenan!«

»Quatsch, Dave!«

»Du willst bei dem Typ bleiben? Was ist mit dem?«

»Will ich gar nicht.«

»Dann komm!«

Maulend erhebt sich Nancy und wackelt hinter Dave durch die Schiebetür.

Am Steißbein ist sie auch tätowiert. Und wie.

Dave schickt einen letzten drohenden Blick zu Horst hinüber und verschwindet.

Nachdem die Tür sich geschlossen hat, hört Horst ein deutliches Klatschen.

Die Oma hat nichts mitbekommen. »Manchmal bin ich auch mit ihm gefahren ...«, plappert sie und puhlt wieder ein Erfrischungstüchlein aus der Verpackung. »Es war so schön, ihn zu begleiten.«

»Ist Ihr Mann schon lange tot?«, fragt Horst wenig taktvoll.

Jetzt ist sie endlich still und guckt aus dem Fenster. Sie presst die Lippen zusammen. Tränen füllen ihre Augen.

Es tut ihm schon wieder leid.

Salzkotten, Scharmede, jetzt geht es Schlag auf Schlag.

Noch sechs Minuten.

Hinter der Glastür nimmt die Schulklasse schon mal Aufstellung. Eine Horde Freischärler tritt zivilisierter auf. Der Klassenlehrer schluckt irgendwelche Tabletten.

»Gleich müssen Sie raus, junger Mann!«, sagt die alte Dame.

Horst nickt und ein Lächeln stiehlt sich auf sein Gesicht. Gleich hat er es tatsächlich geschafft.

Die Durchsage des Zugbegleiters kündigt Paderborn an. Es klingt wie Musik in seinen Ohren.

Der Zug verlangsamt seine Fahrt und Horst steht auf. Schon bald wird er die Adresse im Industriegebiet am Frankfurter Weg aufsuchen. Arno sagte, dass das gar nicht weit vom Bahnhof entfernt sei. Die Rückfahrkarte hat er auch schon. Ihm wird ganz leicht ums Herz.

Als sie schließlich am Bahnsteig halten, quillt die Schülerhorde lärmend ins Freie. Horst und die alte Dame steigen gemächlich die Stufen hinunter.

»Haben Sie Furcht vor dem Bahnfahren, junger Mann?«

»Ich? Nein. Furcht? Nein, nein. Wie kommen Sie darauf?« Er tastet noch einmal heimlich nach seinem Päckchen. Alles da, wo es sein soll.

»Ich hatte ein paarmal den Eindruck, Sie hätten die Fahrt nicht so richtig genossen. Mein Mann, der hatte immer nur Bahnfahren im Kopf ...«

Sie sieht, wie der Schaffner Position bezieht, um den Zug weiterfahren zu lassen, und bricht ihre Erzählung ab. »Passen Sie auf sich auf«, sagt sie, drückt ihm zum Abschied die schweißnasse Hand, hebt ihre Tüten wieder auf und steigt eilig in den Zug.

Er winkt ihr fröhlich hinterher.

Es sieht aus, als habe sich die Anzahl der Tüten im Laufe der Zugfahrt dezimiert. Die Tür schließt sich hinter ihr.

Es ist vorbei.

Er hat es geschafft!

Er hat sich absolut unauffällig verhalten!

Und dann entdeckt er die Tüte, die sie hat stehen lassen.

Aus Unachtsamkeit? Oder hat sie tatsächlich auf jedem der Bahnhöfe etwas zurückgelassen?

Eine braune Papiertüte. Horst reißt sie hoch, wirbelt herum und stolpert ein paar vergebliche Schritte hinter dem langsam anrollenden Zug her.

»Halt!«, ruft er und zieht die Blicke einiger Passanten auf sich. »Halt!« Auch drei uniformierte Bahnbedienstete gucken jetzt.

Sie alle sehen, wie in diesem Moment der Boden der Papiertüte zerreißt, wie etwas herausfällt, mit einem hohlen Geräusch auf dem Boden aufschlägt und über den Bahnsteig kullert.

Sie hat den Kopf in Frischhaltefolie eingewickelt, so wie die anderen Teile wahrscheinlich auch. Er rollt noch ein bisschen weiter und bleibt schließlich vor einer dicken Dame mittleren Alters im fliederfarbenen Kostüm liegen, die laut zu schreien beginnt, als sie trotz der Verfärbungen und der Beulen gleich den freundlichen Schaffner erkennt, der früher immer auf dieser Strecke gefahren ist.

Immer nur Bahnfahren im Kopf ..., denkt Horst, während die ersten Menschen mit entschlossenem Blick auf ihn zueilen.

Marikas Wanne

Ein Schuhanzieher, der Hans Moser gehört hat. Herr Schledl schüttelte den Kopf. Natürlich völliger Unsinn. Dieses unansehnliche alte Ding aus Horn hatte vermutlich schon so mancher knotigen Ferse in so manches Schuhwerk hineingeholfen, aber vermutlich niemals der vom Herrn Moser.

Der Herr Moser habe Senkfüße gehabt, hatte die Verkäuferin mit verschwörerischem Unterton geraunt. Das habe ja gar niemand gewusst. Sie wisse es von ihrer Großtante, die damals Zugehfrau beim Herrn Moser gewesen sei und die habe ihr auch den Schuhanzieher vererbt. Und ein paar Manschettenknöpfe und einen Nasenhaarschneider, aber das sei alles längst verkauft. Nur dieser Schuhanzieher sei noch da. Das sei das Letzte, was ihr geblieben sei. Und daher müsse sie auch ... Nun ja, vierzig Euro müssten es schon sein.

Herr Schledl hatte scharf die Luft eingezogen, hatte ausgeholt, um etwas zu entgegnen, aber da seine Frau auch schon die Geldbörse in der Hand hielt, hatte er flugs die entsprechende Summe in Scheinen herausgefingert und sie der kleinen, schlampigen Frau hinter dem Tapeziertisch gereicht. Es war, als sprängen in jenen Momenten kleine Blitze aus den grünen Augen seiner Frau. So war es jedes Mal, wenn sie Beute machte. Und so war es auch letzte Woche bei der kleinen Krokodilledertasche gewesen, deren Schließe rostig war und deren Scharniere vom Grünspan verkrustet waren und die angeblich niemand Geringeres als Königin Elisabeth II. von England bei ihrem Staatsbesuch im Frühjahr 1969 in der Damentoilette der Hofreitschule hatte liegen lassen. Als handfester Beleg für die Authentizität der Preziose hatten sieben verhutzelte Hundekuchen in der Seitentasche dienen sollen. Kaum zu fassen. Die Leichtgläubigkeit seiner Frau war unbeschreiblich!

Auch vor drei Wochen waren da diese kleinen Blitze zu sehen gewesen. Den verbeulten Wecker ohne Minutenzeiger, so hatte der dunkelhäutige Mann mit dem verwegenen kleinen Schnurrbärtchen mit halb herabgelassenen Augenlidern erklärt, den dürfe er eigentlich gar nicht weggeben, weil sein Vater, ein Exilitaliener, einmal zwei Wochen lang ein Verhältnis mit Sophia Loren gehabt habe und er seither sehr an dem kleinen Gerät hänge. Der Wecker habe stets rechtzeitig das geheime Schäferstündchen beendet und sei Zeuge unglaublicher Ausschweifungen gewesen.

Nun tickte er träge auf dem Nachttisch von Frau Schledl vor sich hin, ohne Minutenzeiger und ohne Ausschweifungen.

Frau Schledl fand immer etwas, wenn sie auf den Trödelmarkt am Naschmarkt gingen. Bei den Orientalen und auch bei den Wienern. Als Alibi diente ihr zunächst etwas frisches Obst, das sie wahllos von den Ständen zusammengriff und nahezu beiläufig in ihrem Einkaufsbeutel verschwinden ließ. Und dann zerrte sie ihn weg vom Gemüse über die Kettenbrückengasse hin zum Flohmarkt. Jeden Samstag trieb es sie aus dem nahen 3. Bezirk hierher. Jeden Samstag, es sei denn, einer von ihnen war krank oder sie machten ein paar Tage Urlaub bei ihrem Bruder in der Steiermark. Und Herr Schledl trottete jedes Mal hinter seiner Frau her, begleitete sie Woche für Woche, um das Schlimmste zu verhindern.

Manchmal gelang es ihm nicht.

Sie besaßen eine hundertsiebzehnteilige Zuckerwürfelsammlung, von dem amerikanischen Starpianisten Liberace auf seiner Deutschlandtournee zusammengesammelt. Die

Wand ihres Wohnzimmers in der Kegelgasse, nur einen Steinwurf vom Hundertwasserhaus entfernt, zierte ein über alle Maßen hässliches Gemälde, das günstigstenfalls dem Genre der naiven Malerei zuzuordnen war, das einen stark aus der Form geratenen Pekinesen mit rosa Schleife darstellte und an dessen unterem Rand das undeutlich lesbare Kürzel T. S. 1939 angeblich ein schlagender Beweis dafür war, dass die Skilegende Toni Sailer in seiner Jugend gerne zu Ölfarbe und Pinsel gegriffen hatte. Ein Schnäppchen für einhundertfünfundsiebzig Euro.

Natürlich schaffte Frau Schledl auch Gegenstände in ihr Heim, die keiner besonderen Prominenz zuzuordnen waren, sondern deren angeblicher Reiz einem gewissen Alter entsprang, das sie auf dem Buckel hatten. Das Ehepaar Schledl saß auf schlecht verleimten Stühlen, aß von gesprungenem Geschirr und schlief in stockfleckiger Bettwäsche.

»Kurtischatz, schau, ist das nicht ganz besonders reizend?«, pflegte seine Frau stets verzückt zu sagen, wenn sie wieder ein Beutestück in ihr Panoptikum eingereiht hatte. Sie legte dann den Kopf schief, erst nach rechts, dann nach links, betrachtete ihre Neuerwerbung und seufzte beglückt.

Kurt Schledl schwieg. Was hätte er sagen sollen? Er hatte es versucht. Wieder und wieder. Hatte ihr Hochglanzprospekte präsentiert, in denen Einrichtungshäuser Wohnmöbel anpriesen, die höchste Bequemlichkeit und nüchternen Chic versprachen.

Er hatte sie in Kunstausstellungen gelockt, um ihr moderne Gemälde schmackhaft zu machen, hatte eine Hausstauballergie vorgetäuscht, um sie dazu zu bringen, die Fülle ihres zusammengetragenen Trödels wenigstens ein wenig auszudünnen.

Kein neuer Teppichboden, auch wenn sich der Perser im letzten Stadium der Auflösung befand und ganz sicher nicht im Esszimmer von Walther Sommerlath und Alice Soares de Toledo, den Eltern von Königin Silvia von Schweden, gelegen hatte, obwohl es der Flohmarkthändler geschworen hatte.

Keine moderne Stehlampe, denn die karamellfarbene mit dem versengten Schirm hatte nach Aussage des Verkäufers in der Suite des Bayrischen Hofs in München gestanden, in der sich Muhammad Ali im Mai 1976 vor dem Kampf gegen Richard Dunn ausgeruht hatte.

Keine neuen Regale, sagte sie, das gäbe zu viel Räumerei.

Kein neues Essbesteck, das habe keine Geschichte.

Keine Badewanne, eine Dusche nehme weniger Platz ein, denn auch das Badezimmer war üppig dekoriert.

Nach dem Willen seiner Frau sollte alles für alle Ewigkeit so bleiben.

Er hasste die gemeinsame Wohnung.

Er hasste die Patina, den Staub, die Krusten.

Er hasste seine Frau.

Herr Schledl war kein aufbrausender Mensch. Er neigte nicht zur Gewalt, aber er würde ihr am liebsten den Hals rumdrehen.

Oder sie mit dem Reisebügeleisen von Heino erschlagen.

Doch es schien, als habe sich Herr Schledl seinem Schicksal ergeben. Seine Schultern hingen in einem ungesunden Winkel herab, seine Mundwinkel verliefen parallel dazu, die Sorgenfalten auf seiner Stirn ebenfalls. Freudlos sah er aus, der Mann in den Fünfzigern, die Hände tief in den Taschen seines Lodenmantels vergraben, das Kinn auf die Brust gesenkt.

An seiner Seite tänzelte seine Frau zwischen den Floh-

213

marktständen umher. Um die roten Locken hatte sie ein getupftes Tuch geschlungen, an ihren Ohrläppchen baumelten glänzende Kreolen. Sie war eins mit dem ganzen Trubel um sie herum.

Den Schuhanzieher trug sie wie eine Monstranz vor sich her.

»Kurtischatz«, hauchte sie. »Ich habe so ein Gefühl ...«

Ich auch, dachte Kurt. Aber ein anderes.

»Heute ist mein Glückstag« , sagte sie beseelt. »Dies war erst der erste Streich.«

Was würde sie als Nächstes finden?

Lenins Lockenstab?

Eine Tube Glatzenpolitur von Mahatma Gandhi?

Das Poesiealbum von Mutter Teresa?

Seiner Frau konnte man alles vormachen.

Er hasste sie wirklich.

Er hätte sie wirklich gerne getötet.

Und dann?

Was würde er mit ihr tun? Wohin mit ihrem teigigen, schweren Körper? In die Reste des Teppichs einrollen, auf dem angeblich schon Königin Silvia mit Bauklötzen gespielt hatte?

Und wie fortschaffen?

Vorbei mit ihr an dem alten Ehepaar Hennerbichler von nebenan und an der Frau Benisek aus dem Parterre? Unmöglich!

Ihr Gespür trog sie auch diesmal nicht. Sie war eine erfahrene Jägerin, die wusste, wann das Wild kreuzen würde. So auch heute.

»Warte, Liebes. Nur einen Moment.« Herr Schledl bückte sich, um das gelöste Schuhband neu zu binden. Er musste achtgeben, dass ihn niemand umrannte.

214

Seine Frau ließ unterdessen ihren erfahrenen Blick über den Stand schweifen, vor dem sie innegehalten hatten.

Sie war gerade im Begriff, den Schuhanzieher behutsam in die Tasche zu Porree und Karotten gleiten zu lassen, als der Mann hinter dem voll beladenen Tapeziertisch sagte: »Schuhanzieher?«

Sie nickte und ein stolzes Lächeln zauberte ihr Grübchen auf die Wangen. »Aber nicht irgendeiner!«

Herr Schledl erhob sich aus der Hocke und zupfte sich den Mantel zurecht.

»Er hat Hans Moser gehört.«

Wie peinlich.

Schledl erwartete ein spöttisches Grinsen oder etwas in der Art. Den Trödler hatte er vor ein paar Tagen erst im *Café Ziehrer* an der Landstraßer Hauptstraße gesehen, wo er am Nebentisch mit einem Geschäftskollegen ein unerhört lautes Handytelefonat geführt hatte. Ein großer, grobschlächtiger Mann mit grauem Stoppelbart.

Er schob sich die zerschlissene Schirmmütze in den Nacken und grinste vieldeutig. »Sie stehen auf so was, hob i recht?« Und als sie nicht gleich antwortete, setzte er nach: »So Sachen von Prominente.«

Dann zeigte er ihr den erhobenen Finger, der bedeuten sollte, sie möge sich nur einen Moment gedulden und nicht weggehen. Er bückte sich unter den Tisch und kramte in einem Karton herum.

Schledl verfolgte das Geschehen mit wachsendem Interesse. Er sah, wie sich die Hände seiner Frau um den Tragegurt ihrer Einkaufstasche klammerten. Sie hielt die Luft an, nahm Witterung auf.

Auf der wackligen Verkaufstheke war ein unglaublicher

215

Kitsch aufgetürmt. Barbiepuppen, Porzellan, alte Elektrogeräte. Was konnte dieser Kerl für seine Frau bereithalten?

Im nächsten Augenblick hatte der Mann eine Fotografie zutage gefördert und reichte sie über die formlose Masse heruntergekommenen Trödels herüber.

Sie griff danach und unterzog das Dargestellte einer eingehenden Betrachtung. Zwischen ihren Augenbrauen hatte sich eine senkrechte Falte in die Stirn gegraben.

»Marika Rökk«, sagte der Mann und rieb sich mit der Rechten über sein stoppeliges Kinn.

Augenblicklich schossen die Blitze aus Frau Schledls grünen Augen. Sie hielt ihrem Mann die Fotografie hin und hauchte: »Ich hab's gewusst. Da kommt noch was ganz Großes, hab ich gedacht. Und jetzt das hier: die Badewanne von Marika Rökk.«

Schledl starrte fassungslos auf das Foto in ihrer Hand. Eine alte Emailwanne mit verchromten Füßen. Fleckig und zerschrammt, so viel war zu erkennen. Ein uraltes, heruntergekommenes Ding, in dem niemand freiwillig baden wollen würde.

»Marika Rökk«, murmelte er ungläubig und blickte in die Augen seiner Frau. Es blitzte und blitzte. Ihr Atem ging schneller. »Du willst doch keine Badewanne.«

»Aber sie hat Marika Rökk gehört. Marika Rökk hat darin gebadet!«

»Kennens doch«, sprach ihn nun überflüssigerweise der Trödler an. »Csardasfürstin, Gräfin vom Naschmarkt ... Werbung für Hormocenta.« Fehlte nur noch, dass er anfing zu tanzen. »Ist die Wanne aus ihrem vorletzten Wohnort.«

»Aha. Und wo war das?«, fragte Schledl.

Der Trödler stockte für einen Moment und umschiffte dann die Klippe. »Ein Haberer von mir hat das Haus vor sechs Jahren ausg'räumt. Steht seitdem bei mir draußen in Aspern im Lager. Ist hundertprozentig echt. Könnens mia glaub'n.«

»Kurtischatz, wir könnten Platz machen im Badezimmer.«

»Die kriegen wir doch niemals das Stiegenhaus hinauf!«

»I hätt do drei Tschuschn«, sagte der Trödler.

»Wie viel soll sie kosten?«, fragte sie. Ihr Entschluss stand fest. Sie würde in der Badewanne baden, in der Marika Rökk gebadet hatte.

Der Trödler machte ein gequältes Gesicht. »' s is halt ganz was B'sondres, verstehns.«

»Wie viel?«

»Sechshundert müssten's schon ...«

»Sechshundert?«, fiel ihm Schledl ins Wort.

»Sie hat Marika Rökk gehört«, bremste ihn seine Frau.

Was für eine selten blöde Kuh sie doch war! Schledl war fassungslos. Er könnte sie mit dem giftgrünen Frotteebademantelgürtel von Peter Alexander erwürgen, der in ihrem Schlafzimmer auf der Kommode ausgestellt wurde. Aber wohin dann mit ihr?

Sie hatten kein Auto. Und mit der Bim konnte er sie wohl kaum wegschaffen.

»Sechshundert also. Transport inklusive?«, fragte sie.

Das Gesicht des Trödlers sah jetzt noch gequälter aus. Er war ein unglaublich schlechter Schauspieler.

»Ach, bittebittebitte!« Ihre Kreolen klimperten, als sie mit den Wildlederstiefeln hüpfte. »Ich laufe gleich zum Automaten und hole das Geld.«

Vergiften, er könnte sie vergiften. Mit einem Putzmittel oder mit Rattengift.

Eine halbe Stunde später waren sie die Besitzer einer verbeulten alten Badewanne, von der ein wildfremder, wenig glaubwürdiger Mann behauptete, sie habe einem verstorbenen Operettenstar gehört.

Herr Schledl ballte in den Taschen seines Lodenmantels seine Hände zu Fäusten, während sie zurück zur Kegelgasse gingen.

Seine Frau summte während des ganzen Weges »Ich brauche keine Millionen ...«.

Die Beseitigung der Leiche war das A und O. Sie lebten einsam, hatten keine Verwandten in der Nähe und nur wenige Freunde. Es würde Wochen dauern, bis jemand bemerkte, dass sie verschwunden war.

Aber zuerst musste er sie einmal verschwinden lassen.

Sie hatten gerade den Schwarzenbergplatz überquert, als er seine Kleidung abtastete und sagte: »Zu dumm. Ich habe meine Brieftasche verloren. Auf dem Trödelmarkt, als ich mir den Schuh gebunden habe.«

Er drückte seiner Frau den Schlüssel in die Hand und bat sie, schon einmal voranzugehen. Er werde zurücklaufen, um die Brieftasche zu suchen.

Und während seine Frau weiterging und trällerte: »... brauch nur Musik, Musik, Musik«, hastete er den Weg zurück, den sie gekommen waren.

Der Mann vom Trödelmarkt begrüßte ihn mit einem schäbigen Grinsen. »Schau di au, des hätt i ned denkt, dass dös klappt. Sauber!«

»Hab ich Ihnen doch gesagt.« Schledl holte seine Brieftasche aus dem Inneren seines Mantels, zückte einen Hunderter und drückte ihn dem Mann in die grobe Rechte. »Wie versprochen. Und nochmals danke. Marika Rökk war goldrichtig.«

218

»Und Sie hams jetzt endlich Ihre Wanne.«

»Anders ging's nicht.«

»I dusch lieber.«

»Auf Wiederschaun!«

»Pfiat Gott!«

Herrn Schledls Schritt war beschwingter, als er den Heimweg antrat, und seine Mundwinkel längst nicht mehr so verkrampft. Fast lächelte er.

Eine Badewanne.

In einer Badewanne konnte er sie nahezu mühelos verschwinden lassen.

Im Verschlag im Keller warteten dreizehn Zehn-LiterKanister voll Schwefelsäure. Schon seit geraumer Zeit.

Die St.-Martin-Katastrophe

Siebenunddreißig Kinder strahlen um die Wette. Woher ich weiß, dass es genau siebenunddreißig sind? Nun, weil ich auf dem Fernsehbildschirm nachgezählt habe. Rotwangige Kindergesichter, glücklich mampfend. Standbild für Standbild habe ich alles analysiert, die ganze Situation. Siebenunddreißig Kinder haben ihre bunten Fackeln abgestellt und machen sich über ihre Weckmänner und den heißen Kakao in den Plastikbechern her. Der Sankt Martin hinter ihnen, hoch zu Ross, winkt mit dem Holzschwert.

Plötzlich fliegt ein Kakaobecher durch die Luft, dreht ein paar turbulente Salti, wobei dank der Schwerkraft kaum Kakao herausspritzt, trudelt in Zeitlupe umher – Sie zeigen so was gerne in Zeitlupe – und landet auf dem prallen Hintern des Apfelschimmels. Tiefbrauner Kakao pladdert auf den grauweißen Pferdehintern. Und dann bricht das Chaos los.

In diesen Pannenshows im Fernsehen werden ja die abstrusesten Vorfälle gezeigt. Spuckende Lamas, Männer ohne Hose, Hunde in der Waschmaschine, Bräute ohne BH, von der Gartenschaukel zertrümmerte Nasenbeine, reihenweise zersemmelte Skifahrer … Schmerz, Panik, Entsetzen, und das alles wird mit albernen Geräuschen und garantiert unkomischen Kommentaren von einem grenzdebilen Moderator versehen.

Können Sie über so was lachen?

In dem kurzen, verwackelten Filmchen, das ich mir jetzt sicher schon zum hundertsechzigsten Mal ansehe, geht es auch turbulent zu. Sie ahnen es. Das Pferd scheut, der Sankt Martin wird zu Boden geworfen, Martinswecken und weitere Kakaobecher fliegen durch die Luft, Fackeln fangen Feuer,

Kinder kreischen. Dann wird gnädig ausgeblendet, und der talentlose Moderator betritt wieder die Szenerie.

Was mich so fasziniert, wollen Sie wissen? Ach so, ja, das habe ich vergessen, zu erwähnen. Der kleine Junge, dessen Plastikbecher als erster durch die Luft flog, dessen Kakao das gutmütig kauende Pferd zur Raserei gebracht, der dieses Inferno ausgelöst hat, der kleine, dicke, mit der dunkelgrünen Pudelmütze vorne in der Mitte, der war ich.

Es ist vierzig Jahre her. Jemand muss es damals mit der Super-8-Kamera aufgenommen haben. Jemand, der sich vor kurzem gedacht haben mag: Fünfzig Euro für einen lustigen Film? Schnell verdient.

Irgendjemand kann jetzt mit einem Fuffi lecker essen gehen, und die Nation delektiert sich an einem uralten Filmchen, das vierzig Jahre lang niemand gesehen hat.

Und jetzt ist es auf meiner Fernsehaufzeichnung wieder aufgetaucht. Sieben Minuten dieser doofen Sendung sind unabsichtlich per Zeitschaltuhr mitgeschnitten worden, bevor der Film beginnt, um den es mir eigentlich ging, den, in dem Lino Ventura den Killer spielt. Dafür fehlen am Ende vom Lino-Ventura-Film sieben Minuten. Programmverschiebung. Irgendeine Kommunalwahl, eine Flutkatastrophe, oder es ist mal wieder ein Papst gestorben. Das ist mir aber alles egal. Ich gucke das Filmchen mit dem Kakao und dem Pferd und den Kindern. Wieder und wieder.

Ich habe das Geschehene seit vielen Jahren erfolgreich verdrängt. Und jetzt ist plötzlich alles wieder da. Es ist wieder um mich, es ist wieder in mir. Der Tumult tobt, ich höre das Kreischen, ich sehe, wie das Pferd ohne Sankt Martin im wilden Galopp davonprescht, mitten zwischen den Mitgliedern des Tambourcorps »Eichenlaub« hindurch, ich sehe eine Querflöte fliegen, ich sehe, wie eine Trommel, eine Tuba und der Schellenbaum von den Hufen zermalmt werden. Ich sehe auch den hilflosen, blutunterlaufenen Blick des dicken, auf dem Rücken liegenden Walter Bretthauer, des Filialleiters der Sparkasse, der in jenem Jahr sein fünfundzwanzigstes Jubiläum als Sankt Martin feiert. Ich sehe den Helm über den Boden kullern. Die Schuhbürste, die mit Leukoplast auf den goldenen Bauhelm geklebt war, hat sich gelöst, die Farbe platzt ab.

Die Pfeife hatte einen Knacks gehabt. Die Pfeife, die wir immer vom Weckmann puhlten, um später trockenes Gras darin zu verbrennen, als seien wir passionierte Raucher. Die Pfeife, die ich an jenem Abend in den Händen hielt, war kaputt! Ein deutlich sichtbarer Riss im weißen Ton trennte den Kopf vom Stiel. Beides war dem Weckmann auf den glänzenden braunen Leib gebacken.

Aber das, was ich da fassungslos in meinen Händen hielt war gar nicht mein Wecken!

Jemand hatte ihn hinter meinem Rücken vertauscht, während ich die Kerze in meiner Fackel auspustete. Ellen Birekoven war es gewesen, das war mir gleich klar. Eine ausgemacht blöde Pute, schon immer! Schutzhüllen um die Schulbücher, aufgeräumtes Federmäppchen, Zahnspange, Klassensprecherin Ellen Birekoven. Klaut mir meinen Weckmann und dreht mir die kaputte Pfeife an!

Nun ja, ich habe versucht, mir meine Pfeife zurückzuholen. Wir rangelten, der Kakao tanzte aufgeregt in unseren Pappbechern. Aus Ellen Birekovens zahnspangigem Mund sprühten die Tröpfchen. Sie quiekte. Ließ schließlich los … Der Kakao in meiner Hand … aus meiner Hand … Das Pferd …

Was sie damit ausgelöst hat! Oh Gott!
    Das wollen Sie nicht wissen ...
    Doch?
    Gut.

Das entflohene Pferd Palomino verlor etwa eine Drei-viertelstunde später auf der B46 gegen einen Milchlaster und wurde als Gulasch wiedergeboren. Die Besitzerin, so habe ich später erfahren, verfiel vor lauter Trauer in eine Art reli-giösen Wahn und ging in ein Zisterzienserinnenkloster.

Unser Sankt-Martin-Darsteller Walter Bretthauer war von Stund an querschnittsgelähmt und kariolte mehr als zwan-zig Jahre bewegungsunfähig mit einem Rollstuhl durch die Gegend. Zwei Jahre später konnte er sich zudem nach einer Kehlkopf-OP nur noch mittels elektronischer Sprechappara-tur verständlich machen und wurde bis zu seinem frühen Tod RzwoDzwo genannt.

Meine Mutter erlitt noch am Martinsabend einen Nervenzu-sammenbruch. Ihr Haar wurde auf der Stelle schlohweiß. Ich habe oft davon gehört, ich habe es nie geglaubt, aber ich weiß seither, dass es das gibt. Ich sehe das flackernde Licht des Krankenwagens, das einen blauen Glanz auf die weißen Locken zaubert. Ihr linkes Auge zuckt noch heute unkontrol-liert. Der Krankenwagen war aber nicht wegen ihr da, sondern wegen der Frau vom Bürgermeister, die sich vor lauter Schreck am Weckmann verschluckt hatte und reanimiert werden mus-ste, und wegen August Stallmacher, unserem Nachbarn, dem das fliehende Pferd den rechten Fuß zertrümmert hatte.

Stallmacher verlor übrigens seine Arbeit als Turnlehrer an der Realschule. Er hat kürzlich versucht, so hörte ich, eine Bank zu überfallen.

Mein Vater fing im unmittelbaren Anschluss an das Desaster das Trinken an. Er hörte erst wieder damit auf, als seine Leber die Ausmaße eines Fladenbrots angenommen hatte und hart wie ein Stück Kernseife geworden war. Vor sechs Jahren, ebenfalls am Martinsabend, verabschiedete er sich mit dem Verzehr von zwei Flaschen Strohrum von dieser Welt.

An all dem war Zahnspangen-Ellen Birekoven schuld.

Ich wollte es allen erzählen, wollte allen die Wahrheit sagen, aber keiner wollte etwas davon wissen.

Als meine Eltern an diesem Abend mit mir nach Hause schlichen, warf mein Vater den Weckmann in unseren Kohleofen im Wohnzimmer und sah zu, bis die Flammen ihn restlos verzehrt hatten. Meine Mutter schüttete unseren Kakaovorrat aus dem Küchenschrank ins Klo. Es sah aus wie fünf Liter Dünnpfiff.

Kakao wurde seither nie wieder bei uns getrunken.

Toll hingekriegt, Ellen Birekoven, wirklich!

Das Tambourcorps hatte lange Zeit Schwierigkeiten, einen neuen Tubaspieler zu finden, weil Meusers Pitt traumatisiert war, und musste auf den Trompeter Benno Vohsen verzichten, der im Tumult ein Auge verloren hatte. Es wäre nicht so schlimm gewesen, wenn es sein linkes, sein Glasauge gewesen wäre. Irgendwann wurde die Auflösung des Vereins unvermeidlich.

Jüppchen Reifenrath, mein bester Freund, bat unsere Lehrerin, mich von ihm wegzusetzen. Er trank plötzlich nicht mehr mit mir aus einer Limoflasche, ohne vorher abzuwischen.

Er trank überhaupt nicht mehr mit mir aus einer Limoflasche.

Keiner trank mehr mit mir aus einer Limoflasche.

Drei Wochen später mussten mich meine Eltern von der Schule nehmen. Schüler wie Lehrer schnitten mich. Man suchte Gründe, mich zu piesacken, und man fand sie. Meine Eintragungen ins Klassenbuch lauteten »… riecht aus dem Mund« und »… stört durch Niesen den Unterricht« oder »… hat die Schuhe nicht ordentlich gebunden«. Ich konnte tun und lassen, was ich wollte. Ich war unten durch.

In der neuen Schule wurde es nicht besser, da man mir eine Art Empfehlungsschreiben vorausgeschickt hatte.

Meine Eltern bekamen im Kaufladen keinen Kredit mehr, man legte Feuer in unserem Briefkasten. Man zertrennte die Speichen an meinem Fahrrad, man schor unseren Hund kahl. Wir waren gezwungen, wegzuziehen.

Es verschlug uns ins Ruhrgebiet, und mein Vater fand eine Anstellung im Bergbau. Anderthalb Jahre später wurde die Zeche geschlossen. Meine Mutter arbeitete für einen Hungerlohn als Reinigungsfrau und büßte wegen einer plötzlich auftretenden Putzmittelallergie nicht nur ihre Gesundheit ein, sondern selbstverständlich auch ihren Job. Von meinem neunten bis zu meinem vierzehnten Lebensjahr habe ich fast nur Knäckebrot gegessen. Ich trug die Schuhe meines Vaters auf und die T-Shirts meiner Mutter.

Danke, Ellen Birekoven, danke!

Dreimal bin ich durch die Führerscheinprüfung gerasselt. 1993 ging meine erste Ehe mit meiner kurz vor der Pensionierung stehenden Sachbearbeiterin vom Arbeitsamt in die Brüche. Sie trennte sich von mir, nachdem ich bei einer Kakaowerbung den Fernseher aus dem Fenster geworfen hatte.

Jobs? Zahlreiche! Tankstelle, Gebäudereinigung, Toilettenmann, solche Sachen.

Heute Hartz IV.

Sauber, Ellen Birekoven!

Ich war der festen Meinung, dass sie büßen musste für das, was sie mir angetan hatte. Oh, ja, sie sollte leiden, diese Zahnspangenschlampe!

Vor etwa zehn Jahren habe ich versucht, sie ausfindig zu machen, aber ihre Spur hatte sich verloren. Sie sei ins Ausland gegangen, so hieß es. Niemand wusste Näheres. Vermutlich hat sie eine Riesenkarriere in den Staaten gemacht. Hochfinanz oder Showbusiness, garantiert!

Unter den Psychiatern bin ich wie ein Wanderpokal herumgereicht worden. Nicht weil mich alle haben wollten, sondern weil mich keiner haben wollte!

Mein Leben fließt zäh dahin wie ein graugrüner Fluss. Ich vermeide Aufregungen, und es gibt Tage, an denen ich glaube, dass es mir gut geht.

Und jetzt sehe ich diesen Film im Fernsehen.

Und plötzlich ist alles anders.

Ich sehe auf dem Bildschirm ganz deutlich die Hand, die

228

nach meinem Wecken greift, während ich selbst mich umge-
wandt habe und mit der gebotenen Vorsicht die Kerze in
meiner Fackel auspuste. Eine Fackel in den strahlendsten
Farben. Sie stellt unsere Kirche dar. Prachtvolle Buntglasfen-
ster, ein beeindruckender Kirchturm, ein Meisterwerk. Man
könnte den Stolz in meinen Augen glänzen sehen, aber ich
wende der Kamera den Rücken zu. Und auch der Gestalt,
die voller Arglist nach meinem Weckmann greift und ihn
mit der Geschwindigkeit eines hinterlistigen Frettchens aus-
tauscht gegen einen Weckmann mit zerborstener Pfeife,
gegen einen solchen Krüppel von einem Weckmann, gegen
ein impotentes Stück Weck, zu nichts nütze, wertlos,
umsonst gebacken …

Und jetzt halten Sie sich fest! Es ist nicht Ellen Birekoven!

Es ist mein bester Freund. Jüppchen Reifenrath!

Dr. Josef Reifenrath, Selfmademan, Chef der Reifen-
rathwerke, Aufsichtsratsvorsitzender der Kreissparkasse,
kürzlich ausgezeichnet mit der Verdienstmedaille des Lan-
des. Dr. Josef Reifenrath, ein leuchtendes Vorbild unserer
Gesellschaft. Wie oft habe ich sein Foto in den Zeitungen
gesehen. Ein strahlendes, offenes Lächeln, dichtes, ange-
grautes Haar in eleganter Fönwelle, das Antlitz eines Mannes, dem man Vertrauen schenkt.

Was für ein Unterschied zu meiner Videoaufzeichnung.

Dort sehe ich seinen listigen Blick, sein hämisches Feixen,
seine abgrundtiefe Verschlagenheit. Und dann, eine halbe
Minute später, sein fassungsloses Gesicht, als die Katastrophe
losbricht. Damit hat er natürlich nicht gerechnet. Das lässt ihm

den Mund weit offenstehen. Das lässt ihn die Augen so weit aufreißen, dass sie ihm fast aus den Höhlen springen.

Fast so wie jetzt, was, Jüppchen?
  Nennen sie dich noch so?
  Jüppchen?
  Sicher nicht.

Jüppchen reißt die Augen weit auf, aber er sagt nichts. Ein dumpfes Grummeln ist alles, was zu hören ist. Seinen Mund verschließt ein schönes, trockenes Stück Weck. Der beste Knebel, den man sich vorstellen kann.

Zuerst hat mich die Inneneinrichtung seines Hauses beeindruckt. Ich habe meine Augen über die geschmackvollen Möbel, über die stilsichere Dekoration gleiten lassen, über die Gemälde und die Skulpturen. Aber jetzt habe ich nur noch Augen für ihn. Ich habe ihn mit Klebeband an seinen anthrazitfarbenen Ledersessel gefesselt. Er ist so positioniert, dass nichts den Blick auf den Großbildschirm neben dem Kamin verstellt. Hier guckt Dr. Josef Reifenrath jeden Abend die Börsennachrichten auf n-tv.

Und heute guckt er den St.-Martin-Film.

Er atmet heftig durch die Nase, als er erkennt, worum es geht. Genau der richtige Moment, um mit meiner kleinen Inszenierung fortzufahren, finde ich. Ich stecke ihm die beiden kleinen Gummischläuche in die Nase, biege sie nach oben und fixiere sie mit dem Klebeband auf seiner Stirn. Trichter drauf … fast fertig.

Während seiner Bewusstlosigkeit habe ich in der Küche schon einmal alles vorbereitet. Mannomann, was für eine Küche! Bis ich mal raus hatte, wie der Herd funktioniert. Aber dann ging alles ganz fix. Man muss bei der Milch höllisch aufpassen, dass sie nicht überkocht. Jetzt schwappt dunkler Kakao in dem Topf, den ich vom gläsernen Wohnzimmertisch nehme. Es hat sich schon eine Haut gebildet. Die nehme ich mal vorsichtshalber weg, sonst verstopft noch was.

Ich führe den Rand des Topfes über die Trichteröffnung. Jüppchen versucht, mit dem Kopf hin und her zu ruckeln, aber er kann gar nichts ausrichten. Ich habe vier Rollen Panzertape verbraucht. Er ist gewissermaßen eins mit seinem gemütlichen Fernsehsessel.

»Weck und Kakao, Jüppchen«, murmele ich und lächle ihn an. Und dann summe ich leise »Sankt Martin, Sahankt Martin, Sahankt Martin ritt durch Schnee und Wind, sein Ross, das trug ihn fort geschwind.«

Das wird lustig!

Seine Augäpfel rollen panisch hin und her. Er wimmert durch den süßen Knebel hindurch.

Schweißperlen kullern ihm die Schläfen hinunter.

Der Kakao erreicht den Rand des Edelstahltopfs.

In diesem Moment zerfetzt ein lauter Knall die Stille. Ich fahre zusammen, lasse den Kessel fallen, Kakao spritzt umher, kleine braune Sprenkel verteilen sich auf Jüppchens Hemd, auf meiner Hose. Und auf Jüppchens Stirn, zwischen den kleinen Schläuchen, erscheint ein schwarzes, kreisrundes Loch, aus dem Flüssigkeit heraussickert.

Ganz falsche Farbe. Kein Kakao, sondern Blut.

Als ich herumfahre, sehe ich eine Gestalt im Durchgang zur Eingangshalle. Was ist das? Kurzes, struppiges Haar, gebeugte Gestalt, links auf eine Krücke gestützt, weil der Unterschenkel fehlt. In der Rechten baumelt eine Pistole.

Ellen Birekoven kommt langsam näher gehumpelt. Sie ist ein Wrack. Trotzdem erkenne ich sie gleich wieder. Vermutlich ist sie durch den Keller ins Haus gelangt, genau wie ich.

»Was ist mit Deinem Bein?«, frage ich.

Ihre trüben Augen machen eine Entdeckungsreise durch mein Gesicht, während sie erzählt.

»Amputiert. Eine Infektion, die ich mir im Knast von Ankara geholt habe. Da war ich, weil ich beim Klauen erwischt wurde. Kurz nach der Schwarzfahrt im Öltanker. Musste abhauen, weil mein Zuhälter mich kaltmachen wollte.«

»Zuhälter?« Ich kann es nicht fassen.

»Fünf verschiedene in elf Jahren. Von irgendwas musste ich ja leben. Eine Niere hatte ich ja schon vertickt.«

»Aber Deine Familie. Deine Eltern …«

»Sind gemeinsam von der Brücke gesprungen. Ich bin im Heim aufgewachsen. Ich habe Sachen hinter mir, die malst Du Dir im Traum nicht aus. Wenn ich die Schule zu Ende gemacht hätte, wäre vielleicht alles anders verlaufen, aber so …«

Sie legt die Pistole auf den Tisch, gleich neben den toten Josef Reifenrath. Ihr Blick fällt auf den Bildschirm. Jüppchen im Standbild.

»Das da hab ich im Schaufenster vom Fernsehladen gesehen. Ich dachte immer, es sei deine Schuld gewesen.«

Das Schicksal hat uns vierzig Jahre lang getäuscht. Jetzt hat es uns zusammengeführt.

Ihr Gebiss ist ein einziger Trümmerhaufen. Ich sehe es, als sie mich scheu anlächelt. Die Zahnspange hat sie jahrelang umsonst getragen.

Wenig später mache ich uns einen heißen Kakao.

Wer Wind sät

Mein Gott, was für eine Sauerei. Das leise Raspeln der Grillen, die Amseln pfeifen müde der untergehenden roten Sonne hinterher. Es ist das perfekte Abendidyll, und vor mir auf dem Feldweg liegt ein toter Mensch. Sein Hinterkopf ist nur noch ein einziger Klumpen Blut, so als habe jemand in einen Kirschkuchen gehauen.

Ich beuge mich hinunter und überlege, wo ich hinfassen kann, um nach dem Puls zu fühlen, ohne in das Blut hinein greifen zu müssen. Ist praktisch unmöglich.

In diesem Moment räuspert sich hinter mir jemand, und ich fahre herum.

Der Mann ist groß, fett, steckt in einer sandfarbenen Cordhose und einem blass karierten Hemd. Die eine Hand hat er in die Seite gestemmt, mit der anderen zieht er die Schirmmütze vom Kopf und wischt sich mit dem Handrücken über die verschwitzte Stirn. Das rötliche Licht der untergehenden Sonne lässt seine kurzen, weißen Haare aufleuchten wie ein brennendes Stoppelfeld. Erst jetzt bemerke ich, dass das Knattern des Treckers irgendwann aufgehört hat. Nur noch Grillen, Amseln und wieder ein trockenes Räuspern.

Ich stammele gleich los: »Ich habe einen Abendspaziergang gemacht, und als ich hier vorne um die Ecke ...«

»Scheiße. Daufenbach. Scheiße.«

Ich verstehe nicht.

Er geht mit schweren Schritten auf den am Boden liegenden Mann zu und tippt mit dem Fuß gegen das Hütchen, das neben dem liegt, was mal der Kopf gewesen ist.

»Die doofe Mütze. Daufenbach.« Ein orangefarbenes Frotteehütchen mit dem Aufdruck »Camel Trophy«.

Er steckt den Fuß unter den Körper und wirft ihn mit

einem Ruck herum. Ein Arm saust durch die Luft und klatscht leblos ins dürre Gras. »Sag ich doch, Daufenbach.«

Ich brauche jetzt nicht mehr zu fühlen. Der ist tot, das sieht man.

Der Mann betrachtet nachdenklich den Knüppel gleich daneben. »Musste ja irgendwann passieren.« Er kramt umständlich ein Handy aus seiner viel zu engen Hose und tippt eine Nummer.

»Polizei?«, frage ich, während er auf die Verbindung wartet.

Er schüttelt den Kopf und blickt starr in das Gesicht des Toten. »Mauels Erwin.«

Dann lauter: »Erwin! Du musst herkommen! Daufenbach liegt hier. Tot.« Er beschreibt unseren Standort. »Klar, die aus Denster, wer sonst? Bröders vielleicht. Oder Hermes. Tschö.«

Dann fixiert er mich mit blutunterlaufenen Augen. »Sie sind fremd hier.«

Ich nicke zaghaft. »Ich mache Urlaub.«

»Hier?«

»Warum nicht? Land, Leute, alles wunderbar. Nur das hier ...« Ich mache eine vage Handbewegung in Richtung des Toten. »Ein Abendspaziergang und plötzlich ...«

Der große, dicke Mann kommt näher, baut sich vor mir auf, guckt von oben auf mich herunter. »Jetzt passen Sie mal gut auf. Gleich kommt Mauels Erwin, und er und ich, wir regeln das, klar?«

»Aber die Polizei ...«

»*Wir* regeln das!« Er packt mich an der Schulter. Gerade fest genug, um mich in eine bestimmte Richtung zu zwingen und gerade sanft genug, um es nicht nach Gewalt aussehen zu lassen. Ein paar Schritte weiter biegt er die Zweige auseinander. In der Ferne sehe ich ein Dorf. »Das ist Orft. Ich wohne in Orft und Mauels Erwin auch. Und Daufenbach hat auch in Orft gewohnt.« Dann wendet er sich um und schubst mich an einem dichten Weißdorngebüsch vorbei. In einer Lücke zwischen zwei Sträuchern erkenne ich ein weiteres Dorf.

»Denster«, brummt er, so verächtlich das geht. »Verdammtes Dreckspack.«

Er setzt die Mütze auf, die er die ganze Zeit über in der Hand gehalten hat und beugt sich zu mir hinunter, bis sich unsere Nasen fast berühren. »Wir erledigen das. Sie bleiben hier. Ich hole nur meinen Trecker, kapiert?«

Ich nicke zaghaft und beobachte ihn, wie er davon stapft. Wenige Augenblicke später knattert der Trecker wieder.

Später kommt Mauels Erwin, ein asthmatisches Männlein mit streichholzdünnen Armen. Fassungslos beobachte ich, wie die beiden den Toten in eine schwarze Folie wickeln und in den Kofferraum von Mauels Peugeot werfen. Mauel hustet trocken.

»Wohin bringt ihr ihn?«, erlaube ich mir zu fragen.

»Weg«, sagt der Riese.

»Besser, Sie wissen es nicht«, krächzt Mauel. »Wo wohnen Sie?«

»Im Gasthof in Ginsterfeld.«

Die beiden Männer nicken sich zu. »Ginsterfeld, gut. In Denster wäre auch problematisch geworden«, sagt der Dicke. Mauel nickt. »Mmmmh, ja, ganz schön problematisch.« Er wiegt den blutverschmierten Knüppel in der Hand. Dann wirft er ihn ebenfalls in den Kofferraum. Von irgendwoher zaubert er drei Flaschen Bier hervor, und wir trinken.

»Nochmal«, sagt der Dicke. »Das geht nur uns was an. Sie

238

machen hier Urlaub. Okay. Kann ruhig so weiterlaufen. Die Sache mit Daufenbach erledigen wir. Da brauchen wir keine Polizei, kapiert?«

Ich nicke eifrig. »Kapiert, kapiert.« In drei Tagen werde ich sowieso abreisen. Ich habe auch keine Lust, unnötige Bekanntschaft mit der Eifeler Polizei zu machen. Wir lassen unsere Bierflaschen zusammenklimpern.

* * *

Im Gasthof in Ginsterfeld quält mich die Neugier.

»Denster und Orft?« Der Wirt lässt die Augenbrauen in die Höhe tanzen. »Das ist eine uralte Fehde. Keine Kirmes ohne Prügelei, kein Maibaum, der länger als zwölf Stunden steht, kein Martinsfeuer, das nicht mindestens drei Tage vor Sankt Martin abgefackelt wird. Meine Fresse, was haben die sich schon beharkt.«

»Aber warum?«

Er zuckt mit den Schultern und wirft Geld in die Musikbox. Außer uns ist keiner da. Er wählt einen Titel, und das Geplärre geht los. »Uralte Geschichten. Vermurkste Flurbereinigung, paar uneheliche Kinder. So Sachen eben.«

»Und ist schon mal einer dabei draufgegangen?«

»Schon mal 'n vergifteter Hund ab und zu. Vielleicht auch mal ne Kuh oder so.«

»Ne Kuh?«

»Die aus Denster machen immer Küheschubsen.«

»Und Menschen? Sind schon mal Menschen zu Tode gekommen?«

Der Wirt überlegt kurz. Andrea Berg greint dazu »Du warst der Wind in meinen Flügeln ...« Dann nickt er. »So in den Siebzigern, da ist der Walter Bronnen aus Orft nach der üblichen Karnevalsschlägerei mit 'nem Milzriss ins Krankenhaus gekommen und gestorben. Und als Viethens Hubert Pfingsten Vierundneunzig nachts auf dem Heimweg mit seinem Fahrrad von hier nach Denster überfahren worden ist, da haben auch gleich alle gewusst, dass das einer aus Orft war. Ab und zu verschwindet auch mal einer spurlos.«

»Verschwindet?«

»Kommt ja schon mal vor.«

Gäste kommen herein. »Können wir hier noch was essen?«

»Tut mir leid. Küche ist nur bis zehn auf.«

Es ist drei nach zehn.

Als sie wieder raus sind, dreht der Wirt sich erneut zu mir um. »Städter. Meinen, sie könnten hier den Larry raushängen lassen. Also ehrlich.«

Ich nicke zustimmend. »Also ehrlich.« Dann lasse ich mir weitere Geschichten von Orft und Denster erzählen.

* * *

Am Vormittag mache ich einen Ausflug nach Münstereifel und lasse mich mit einem Strom von Senioren durch die Hauptachse der alten Stadt von einem Café zum nächsten treiben. Hinterher zittere ich vor lauter Koffein und trete den Rücktritt an.

Auf meinem Weg nach Ginsterfeld passiere ich ein Schild, das links in Richtung Denster weist. Ich zwinge mich zwar, weiter zu fahren, aber als dreihundert Meter weiter meine Neugier übermächtig wird, wende ich kurzerhand auf einem Feldweg und fahre zurück. Es sind nur drei Kilometer bis Denster. Kann ja nicht schaden.

Eigentlich ist der Ort hübsch. Viel Fachwerk, viel Grün. *Unser Dorf soll schöner werden*-Sieger. Soso.

Es stinkt nach Gülle. Nichts Ungewöhnliches eigentlich. Nur ein bisschen arg penetrant.

Als ich weiter durch den Ort rolle, wird der Gestank stärker. Immer stärker.

Ich habe gerade die Kirche passiert, als ich die vielen Menschen sehe. Der Gestank ist unerträglich. Die Leute laufen durcheinander, pressen sich Tücher vor Mund und Nase, hantieren mit Eimern, Schläuchen und Besen.

»Hier können Sie nicht durch!«, brüllt einer mit einem buschigen Schnurrbart wie aus Stahlwolle, der an beiden Seiten unten am Kinn endet.

»Was ist denn los?«

Er guckt auf mein Nummernschild, erkennt in mir den ahnungslosen Städter und kommt zum Fahrerfenster. »Der Dorfbrunnen ist voll Gülle gekippt worden. Heute Nacht. Der Brunnen, die Beete drum herum. Alles voll Gülle.«

»Wer macht denn so was?«

»Die aus Orft.«

»Warum?«

»Die sind gemeingefährlich.«

»Soso.«

»Der Brunnen ist ganz neu. Unser ganzer Stolz. Von der Familie Bröders gestiftet.«

Der Name ist mir bekannt. Ich sage übermütig: »Wird Daufenbach gewesen sein.«

Er hält die Luft an. Richtet sich auf. Die Augenbrauen wachsen zu einem schwarzen Balken zusammen, die Schnurrbartenden zittern wie unter Strom. »Daufenbach?«, brummt er drohend. »Was hast du mit Daufenbach zu schaffen, du ...«

Ich lege den Rückwärtsgang ein.

* * *

Am Abend im Gasthof steht ein frisch gezapftes Pils für mich bereit. Mein Gastwirt freut sich, mir was Neues erzählen zu können.

»Ich habe es von Willi Hermes aus Denster: Die Orfter haben den Dorfbrunnen in Denster voll mit ...«

Ich winke ab. »Gülle, weiß ich schon.« Er guckt enttäuscht. Aber im nächsten Moment strahlt er schon wieder. Er senkt seine Stimme. »Aber noch was: Es darf keiner wissen. Die regeln das untereinander. Als sie die Gülle rausgeschöpft haben, haben sie den Bröders gefunden. Unten drin. Im Brunnen. Tot.«

»In der Gülle?«

»Fies, oder?«

»Fies.« Ich trinke mein Bier in einem Zug aus. »Hier ist ja vielleicht was los.«

Als er mir das nächste Pils zapft, erzähle ich ihm, was ich am Nachmittag erlebt habe: »Ich war ja jetzt unglaublich neugierig auf Orft, nach all dem, was Sie mir gestern Abend erzählt haben. Also dachte ich, das guckst du dir mal an. Bin also hingefahren. Das heißt, ich wollte.«

Kunstpause.

»Und?«

Ich lächle süffisant. »Lauter umgestürzte Bäume am Orts-eingang. Man kam gar nicht ins Dorf rein. Quer über der Straße, riesige alte Fichten.«

»Wahnsinn.«

Ich nicke zustimmend. »Sauberer Schnitt. Alles ratzekahl ab. Mindestens zwanzig Stück.«

»Dass das keiner gemerkt hat.«

»Ging wohl alles ziemlich schnell. Einen von den Männern aus Denster haben sie wohl noch zu fassen gekriegt, wie mir so ein Einäugiger erzählt hat. Einen Hans-Joachim Dorsel.«

»Dorsel? Das ist einer von den ganz Schlimmen. Der hat der Tochter vom Bauern Scholzen Zwillinge gemacht und hat sie zurück nach Orft geschickt.«

»Das würde er jetzt wohl nicht mehr so ohne weiteres hinkriegen, wenn man dem Einäugigen Glauben schenken darf.«

»Tot?«

»Intensivstation.«

Mein zweites Pils war fertig. »Der Einäugige ist Schmenglers Hannes. Sein linkes Auge hat der Förster von Denster auf dem Gewissen. Sieben Millimeter. *Pitschsch!*« Er schießt mit einer imaginären Waffe.

»Dem fehlt aber das rechte Auge.«

»Das rechte? Dann war's Dr. Frischmuth. Ist vor zwanzig Jahren von Denster nach Orft gezogen. Daraufhin hat ihm die alte Pohlmann aus Denster bei seinem nächsten Hausbesuch eine Gabel ins Auge gestochen.«

Ich habe gerade mein Glas an den Mund gesetzt, als die Sirene aufheult.

Wir sehen uns an. Er nickt. »Aha. Es geht weiter.«

* * *

Am Frühstückstisch höre ich es schon in den Radionachrichten. In Denster ist das Gemeindehaus ein Raub der Flammen geworden. Ortsbürgermeister Hermes ist dabei gleich mitverbrannt. Und auch sein Hund, ein Golden Retriever.

»Ein Lamm von einem Hund«, weiß mein Wirt zu berichten. »Kollateralschaden.«

»Drei Tote«, murmele ich und köpfe mein Ei.

»Drei?« Der Wirt horcht auf. »Ich denke, Dorsel lebt noch.«

Mist. Es läuft mir heiß und kalt über den Rücken.

In die Stille hinein platzt der Postbote. »Morgen! Dorsels Hans-Joachim ist übrigens letzte Nacht gestorben.« Er zückt einen Brief und einen Kugelschreiber. »Einschreiben!«

Ich atme erleichtert auf.

Später überlege ich, wie ich wohl am Besten meinen letzten Tag verbringe. Ich könnte einen Ausflug ins Freilichtmuseum nach Kommern machen. Das ist nicht weit weg, und das schöne Wetter scheint einigermaßen stabil zu sein.

Also mache ich mich auf den Weg und lenke meinen Wagen auf die Bundesstraße. Ein sonniger Tag. Aus den Lautsprechern des Autoradios näselt Barry Manilow. Ich bin noch nicht weit gekommen, als ich in der Ferne auf einem Feld einen Trecker sehe. Ein alter Fendt mit blassgrüner Motorhaube und grauer Planenkabine, der einen Heuwender hinter sich her zieht. Am Steuer erkenne ich den Mann, der Daufenbach hat verschwinden lassen. Er winkt. Und dann sehe ich plötzlich einen Geländewagen, der über die Kuppe geschossen kommt und über das Stoppelfeld auf den Trecker zusteuert.

Der Wagen hält, zwei Männer springen heraus. Einer ist der Schnurrbärtige aus Denster, kein Zweifel. Sie haben längliche Gegenstände in der Hand. Begleitet von Barry Manilow krachen Schüsse durch die Sommerluft.

Aus den Augenwinkeln heraus sehe ich noch, wie die Gestalt des großen dicken Mannes aus dem Trecker kippt. Ich drehe das Autoradio lauter.

Bevor ich nach rechts in Richtung Kommern abbiege, kann ich noch erkennen, wie einer der Männer aus Denster auf der benachbarten Wiese rasch eine Kuh umschubst.

Mein Besuch im Freilichtmuseum verläuft ereignislos. Ich spaziere wie ein ganz gewöhnlicher Tourist zwischen den alten Häusern über die staubigen Wege. Irgendwie kann ich mich kaum konzentrieren.

In der Baugruppe Westerwald spricht mich eine Dame an, der ich offensichtlich ausreichend attraktiv und ausreichend alleinstehend vorkomme. »Urlaub in der Eifel? Wie lustig. Ich auch.«

Ich bin nicht unhöflich und gebe mit wenigen Fakten Auskunft.

»In Ginsterfeld? Ich habe Verwandtschaft im Nachbardorf, in Orft.«

»Das kenne ich.«

»Sind Sie schon mal dagewesen?«

»Noch nicht ganz.«

»Da ist heute Mittag eine Frau totgefahren worden.«

Ich merke auf. Neuigkeiten!

»Ja, mitten auf der Straße. Meine Cousine hat es vorhin am Telefon erzählt. Ich wollte ihr eigentlich heute Nachmittag einen Besuch abstatten.«

»Tun Sie es nicht.« Mein Rat ist ernst gemeint. Ich habe das Gefühl, dass das alles noch nicht zu Ende ist.

Auf meinem Rückweg kann ich nicht anders. Mein Auto fährt wie von selbst nach Orft. Die Bäume sind aus dem Weg geräumt. Großer Fehler, denke ich. Die Frau wäre vielleicht nicht überfahren worden, wenn die Bäume liegen geblieben wären.

Auch Orft ist ziemlich hübsch. Mitten im Ort gibt es eine Wassermühle. Alles ist mit Blumen geschmückt, Hummeln und Schmetterlinge taumeln durch die Luft.

Vor der Mühle steht Mauels Erwin. Er grinst mich fröhlich an, als ich den Wagen abgestellt habe und auf ihn zu bummele.

»Immer noch Urlaub?«, fragt er heiser.

»Nur noch heute.«

Am Bachlauf stehen ein paar Leute, die schwatzen und Flaschenbier trinken. Ein sommerliches Dorfidyll.

Ich betrachte das Mühlrad, das sich träge dreht. Wasser trieft von den Sprossen. Es schmatzt und plätschert.

Was ist das?

Ein Bündel, das an beiden Enden am Rad festgebunden ist. Zappelnde Finger, ein Kopf, ein Mund, in dem etwas steckt. Schon ist es wieder unter Wasser.

Mauel versucht, mir die Sicht zu versperren. Er ist natürlich zu klein und zu dürr. Im nächsten Moment fördert das Mühlrad seine Fracht wieder an die Luft. Von der Statur her könnte es der Kuhschubser aus Denster sein, aber ich kann mich natürlich irren.

»Dann wünsche ich mal eine gute Heimreise«, sagt Mauel und hustet infernalisch. »Diesen Husten werde ich nie mehr los.«

In diesem Augenblick wird Motorengeräusch laut. Ein Subaru kommt mit Vollgas die Dorfstraße heraufgebraust. Er fährt wilde Schlangenlinien und brettert über den Gehweg, ganz dicht an den Häusern vorbei. Hände mit Knüppeln dreschen die Briefkästen von den Hauswänden.

Dann fallen Schüsse. Zwei Mann am Mühlrad gehen mit einem Stöhnen in die Knie. Ich sehe das Mündungsfeuer.

Mauel bricht ebenfalls getroffen zusammen. Ich werfe mich neben ihn auf das Straßenpflaster.

Er röchelt wie vorhin, aber seine Stimme wird leiser. »Denster ...«, krächzt er.

In der Kurve wird eine Frau vom Balkon geschossen, und der Subaru verschwindet. Menschen schreien durcheinander. Um das Mühlrad kümmerte sich keiner mehr. »Was ist mit Daufenbach?«, frage ich.

»Begraben ...« krächzt er. Aus seinem Mundwinkel rinnt Blut. »Am Wegkreuz ... geweihte Erde ...« Dann hört mit einem Mal sein Husten auf.

* * *

In dieser Nacht finde ich kaum Schlaf. Wenn ich aus dem Fenster blicke, sehe ich, dass der Himmel rötlich erleuchtet ist. Immer wieder höre ich Sirenen. Außerdem ist eine Mücke im Zimmer.

Der nächste Tag begrüßt mich wolkenverhangen. Mein Urlaub ist vorbei und auch der Sommer in der Eifel.

Der Wirt ist heute morgen in der Küche beschäftigt. Gut so. Die Details der schrecklichen Dinge, die sich in der Nacht zugetragen haben, will ich nicht mehr hören.

Als ich in Richtung Autobahn fahre, bemühe ich mich, an Denster und Orft vorbei zu schauen. Trotzdem nehme ich Rauchschwaden wahr.

Auf der Anhöhe sehe ich ein Wegkreuz. Hübsch eingefasst von einem kleinen Platz aus Natursteinpflaster steht es da, rechts und links flankiert von zwei Holzbänken für Wanderer. Unter einer schweren Blumenvase, in der ein paar Sonnenblumen ihre tellergroßen Köpfe hängen lassen, liegt

247

eingeklemmt eine orangefarbene Frotteemütze.

Es ist das richtige Kreuz.

Ich winke Daufenbach noch einmal. Er hat sich hier in der Eifel so sicher gefühlt. So kann man sich irren. Ganze vier Jahre hat es gedauert, bis ich ihn hier aufgespürt habe.

Ich finde, ich habe meine Sache sehr gut gemacht.

Ein kräftiger Schlag und Feierabend.

Dann gebe ich Gas und kehre diesem gewalttätigen Landstrich den Rücken.